講談社文庫

ニムロッド

上田岳弘

JN020009

講談社

目次

ニムロッド　5
あとがき　158
解説　160

ニムロッド

サーバーの音がする。ＣＰＵを冷やすファンの音が幾重にも合わさって、虫の音《ね》のように高く低く響く。サーバーたちが突き刺さった、僕の背丈よりもはるかに高いラックの間をノートＰＣ片手に進んでいく。

ＷＥＢサイトを表示するために、パソコンからのアクセスを受け付けるコンピューターを「サーバー」と呼ぶのだと知ったのは、この業界に入ってからのことだった。と言ってもゆうに十年は経過していて、顧《かえり》みるまでもなく一昔前の話だ。

サーバー、提供する者。サーバーは、パソコンからのアクセスに従って、例えばショッピングサイトの機能を提供する。あるいは、旅行の予約サイト、ポルノ動画や大量の書き込みがなされる掲示板、最近だとFacebookやTwitterなんかも、どこかのサーバーがユーザーに機能を提供している。僕の会社は東京と名古屋にそんなサーバーたちをまとめて運用するデータセンターを持っているのだけど、それはほんのささやかな資源《リソース》だ。Yahoo! Japan みたいな大企業になれば、北は八戸から南は九州まで複数の巨大な拠点を持っていると聞くし、Google も、世界各国に設備投資を続けている。

ある日 Google がインドの大都市付近の広大な土地を買いとって、データセンターを作る。そして大量のサーバーが設置される。短い草が生えるだけのだだっ広い場所が直ちに最新の機能を提供する人類の前衛基地になって、僕の iPhone 8 を含め、世界中からネットワークを伝ってやってきたアクセスをさばく。雇用が生まれ、消費が生まれる。仮想空間のこととはいえ、現実に働く人間がいないと回らない。

規模は遠く及ばないが、それでも数百台のサーバーたちが集まった部屋の中は独特の雰囲気がある。ファンの音はうるさく感じるけど、それにしても働き始めたころよりもずいぶん静かになった。こないだコンピューターメーカーの人に聞いたら、実際にここ十年でサーバーの出す音の大きさは半分以下になっているそうだ。確かに思い返してみれば、働き始めた当初は、虫の音というより、飛行場の騒音のような、と頭の中で形容していたような気がする。

緑色や橙色の豆ランプが点々と灯《とも》ったサーバーの柱の間を、カンカンと革靴を鳴らしながら歩く。開いたままのノートPCは左腕に載せ、片手だけでうまくバランスを取って支える。PCの画面には、サーバーの系統図が表示されている。

ついさっき、ある顧客から電話があり、メールが繋がらなくなったとクレームが入ったのだ。R‐33‐4。それがその顧客に割り当てられたサーバーの所在を表すナンバーだ。Rはデータセンターの中のエリア名で、真ん中の数字はラックの場所、最後の数字は棚を上から数えた位置を指す。

僕は全ラックの留金を外すことができるマスターキーでラック33を開け、赤ランプの点いたサーバーのロックを解除した。とりあえず引き出して箱全体を調べる。ケーブル類は抜けていないし、外部の損壊もない。ラックを戻し、サーバールームの入り口にあるキャビネットから、サーバーメンテナンス用のディスプレイを一台取ってくる。不具合の出たサーバーにディスプレイを繋いで、稼働状態を確認する。OSは立ち上がっているが、サービス提供に必要なソフトが勝手に停止している。そのソフトを立ち上げるコマンドを打っても反応しない。この分だとメールサービス以外にも停止している機能がありそうだ。履歴《ログ》をざっと追ってみたけれど、原因を突き止めるには至らない。長いこと正常に動いていたが、ある時点で突然、機能が止まってしまったのだ。

僕はSlackの入力窓に、心臓麻痺、と打ち込みEnterキーを押す。

Nakamoto-mi：心臓麻痺

Slackは同僚のほとんどが常時起動しているグループワーキングツールで、このメッセージはすぐにメンバーに共有され、内線電話よりも話が早い。

Yamaoka-sapo：またですか

間を置かずに山岡くんからメッセージが返ってくる。社歴は彼の方が上だが、年齢は僕の方が三つ上だった。

Yamaoka-sapo：とりあえずマシン再起動ですな

言われるまでもなくとりあえず再起動だ。原因は不明でも、それだけで機能自体は復旧することが多い。問い合わせのあった顧客は二十人ほどの規模の会社で、窓口の担当者はうるさいことを言わない人だった。だからきっと、復旧しさえすれば大丈夫だろう。顧客によっては、些細な不具合についても徹底的な原因究明と再発防止策の提示を求められることがある。

一度シャットダウンした後、メンテナンス用のディスプレイに起動中を示すアイコンが表示される。ログイン画面の窓に、メモ帳ソフトに転記したＩＤとパスワードを入力する。完全にサーバーを立ち上げ、必要な機能を起動してからパフォーマンスを確認する。ＣＰＵのグラフもしっかり動いている。動作確認用のノートＰＣでアクセスし、念のため動きを確かめる。

Nakamoto-mi：心臓麻痺から蘇生完了

Yamaoka-sapo：お疲れ様です。新課長！

Slackで山岡くんと報告がてらのやり取りをしてから、片づけに入る。課長という肩書きはごく最近付いたものだ。山岡くんの上司というわけではなく、僕が就任したのは新設された課の課長だ。ただ、今も元々のサーバーのサポート業務は続けている。

こんな無名の会社にあっても、役職というのは不思議なもので、あるのとないのとではやはり気分が違った。課には僕一人だけしかおらず、そもそも社長の気まぐれでできたような課だとしてもそれは変わらない。「金を掘る仕事」というのが、僕の新たな課の担当業務だ。

＊

駄目な飛行機コレクション　No.4

コンベアNB－36

1950年代にアメリカが開発した原子力飛行機。墜落すると非常に恐ろしい被害が想定されるため、大統領執務室とのホットラインが設置された。（ダメな飛行機コレクション https://matome.naver.jp/odai/2134044836902299701）

やあ、中本さん、元気にしてるかい？　お待ちかねの「駄目な飛行機コレクション」の続きだよ。今回の「コンベア NB－36」は原子炉を搭載した飛行機だ。この飛行機には、乗員を放射線から守る水タンクや鉛を使ったシールドが施されていて、操縦席のカプセルだけで12ｔにもなったそうだ。同じ頃にソ連も原子力爆撃機を研究していて、こちらはほとんどの乗員が実験から数年で亡くなっている。一番のつっこみどころは、わざわざ原子力を動力にしようとしたところだよね。だって、乗員の健康被害だけでなく、墜落したら大量殺戮兵器と化すことくらい、誰にだってわかるじゃないか。まあ、落っこちかけたら、大統領からのホットラインで海か砂漠の真ん中を目指せって命令されるんだろうけど。

僕がいつも感心してしまうのはね、合理的に考えてまったく駄目なのに、「いや、いけるかもしれない」というチャレンジ精神によって、「駄目な飛行機」が生み出されていることとなんだ。実際、原子力潜水艦はうまくいったわけで、今も主要な戦力だよね。半ば永久機関ともいえる原子力と、ずっと潜っていなければならない潜水艦。いかにもベストマッチだよね。でもさ、飛行機というものは、そもそもずっと飛んでいる必要があるんだろうか？　僕なんかは疑問に思うね。確かに、魚はずっと海の中にいる必要があるよ。でも鳥はずっと空を飛んでいるわけじゃない。渡り鳥だって水面で休む。それが普通だ。

それでも、普通を是認していればいいっていうのもなんだか気に入らない。そもそもヒトが、この僕たちホモ・サピエンスがだよ、空を飛ぼうっていうこと自体不自然極まりないじゃないか。そうだろ？　そんなこと、昔の人に言ったら気が違っているとしか思われないだろうね。でも僕たちは果敢に挑戦して、気違い沙汰を普通にしてきたんだ。原子力を動力にして永久に飛ぼうとしたのもね、ちょっと行き過ぎただけでさ。その心意気は間違っちゃいない。被曝して亡くなった乗組員はかわいそうだけど、それも尊い犠牲というものなのだろう。僕はそんな風に思う。

ねえ、中本さんはどう思う？

ニムロッド

*

金を掘る、と言っても、金《ゴールド》を掘っているわけではない。掘っているのは金《マネー》の一種だけど、実感としては金《ゴールド》の採掘に近しいことをやっている。

その業務を社長から指示されたのは、今月頭のことだった。うちの会社は東京と名古屋の二拠点で法人向けにサーバーの保守サービスを提供していて、契約社員を合わせて五十人程度の規模になる。顧客の資産であるサーバーを預かるハウジングサービスに加え、サーバーを月額で貸し出すホスティングサービスもやっている。最近では機能ごとにメニューを決めてクラウドサービスと銘打っていたりもするが、全体的にやっていることは賃貸専門不動産業に近い。土地だけを貸すか、家屋ごと貸すか。世の流れに半歩遅れてついていくのが社長のポリシーだと僕は見ていて、世間に浸透し、これは大丈夫そうだとわかってからその経営手法を取り入れる。とはいえ、抜本的に変更を加えるのではなくて、既存の製品に少しアレンジを加える程度だ。例えばスケジュール共有ソフトを会社ごとに売るのではなく、データセンターで預かって月額の使用料を徴収するという今では当たり前のビジネスモデルに、早すぎもせず遅すぎもしない時期に取り組み、手堅く収益を上げていた。

先日突然呼び出された酒席で「次は金を掘ろうと思う」と社長が言い出した時には、正直言って面食らった。続けて、「中本哲史、お前が課長になって掘るんだよ、金を」と酔った社長が畳みかけた。

社長と二人で飲みにいくのはこの時が初めてではなく、だいたい春夏秋冬、季節の変わり目ごとに誘われている。いつも社長の行きつけの同じ店なのだけど、僕が誘われるのは毎回定休日で、特別に開けてもらっているそうだ。普段は女性店員が複数名いて、お話しできるバーというのがコンセプトと聞いているが、通常営業の日に行ったことがないのでよく知らない。わかっているのは、社長がほぼ毎日飲み歩いていて、常に話し相手を必要とするタイプの人間であるということだ。

彼は社員を全員「さん」づけで呼び、普段は敬語で話す。ただ酒が入っているときは例外で、ぞんざいというのとも少し違う、至極フレンドリーな話しぶりになった。

金を掘れ、という話の詳細を聞くと、

「ビットコインだよ」と簡潔に返事があった。

「ビットコイン?」

「ん、中本さん、知らない? ようは仮想通貨だよ」

「仮想通貨?」

「話が前に進まん」社長は笑って、左手を緩く結び、腕時計の存在を確認するように細かく腕を震わせた。それは社長のもつチックで、酒が回ってくるとよく出る。

思わず聞き返したものの、社長の様子を眺めるうちにも朧げな記憶が蘇ってくる。あまり得意な分野ではないが、仕事の空き時間に、ビットコインの仕組みや概要についてWikipediaで調べたことがあった。確か各国の中央銀行が発行する通常の通貨とは違って、プログラムが管理する仮想的な通貨の一種だったはずだ。通貨の価値を保証するのは、ドルや円などの通常の通貨であれば中央銀行であり、あるいはその上位に位置する国家なのだけど、ビットコインなどの仮想通貨の場合は、プログラム化されたルールに参加するPCがそれに当たる。ざっと説明文を読んだ印象では、例えるならば、飲食店を選ぶ際に、有名なグルメレポーターによる採点を信用するか、あるいは匿名の人々の投稿に採点ルールを適用したものを信じるかの違いのようなもの。全然違うかもしれないけれど、とりあえずはそんな風に把握している。

「だいたい合ってる」ビットコインについての僕の所感を聞いた社長は、テーブルに置かれたグラスに手を添えたまま、目を瞑って首肯した。そう言われて、先生に認められた生徒みたいに安心するのも子供じみているけど、僕はこの社長の言うことはおおむね信頼している。「金を掘れ」、というのは、つまり「ビットコインを掘れ」ということだろうか？　いつもならすぐにiPhone 8で調べるところだけど、バッテリーがなくなっていた。記憶をさらに辿ってみると、ビットコインの曖昧な知識がぽつぽつ浮かんでくる。「マイニング」という単語がよぎって、それについて聞くと、社長は「そうだよ。ビットコインは掘ることができる」と言った。そこからますます酔いの深まった社長の説明はひどく抽象的で、僕がその日に持ち帰ったビットコインの知識は、それ以前のものに毛が生えた程度だった。この世界には定められた量のビットコインが埋蔵されていて、誰でもそれを採掘《マイニング》することができる。今や世界中の人々がビットコインに投資をしていて、乱高下しつつも大枠でその価値は上がり続けている。

その日は、社長と二人していつになく痛飲した。後半はバーカウンターに移動し、テキーラを何杯も飲みかわした。帰りはタクシー代を渡され、乗せられた車の中で僕は社長と話した内容を整理しようとした。来月から僕は課長になる。新しい課で僕は一人、ビットコインを掘ることになるらしい。酔いの回った僕の頭の中には、暗い穴倉でライト付きの黄色いヘルメットを被り、大きなツルハシを担いで立つスーツ姿の自分が浮かんでいた。

＊

駄目な飛行機コレクション　No.5

ボニーガル

1928年、レオナード・ボニーが開発したカモメ型飛行機。
「有人飛行成功のためにはできるかぎり鳥をマネすることが必要」と4年間カモメの研究をし、風洞実験や地上試験を積み重ねてつくられたが、初飛行で墜落し、ボニーは帰らぬ人となった。

中本さん、お疲れ様。今日紹介する「ボニーガル」は、添付の写真にもある通り非常にシンプルなつくりをしている。空を飛ぶのにカモメの形を模すのは、発想としては悪くないよね。問題は、カモメのどこをどんな風に模すかということだ。ボニーガルの翼は角度を変えたり、地上では折りたたんだりもできた。でも本家のカモメは、さ、あれは生き物だからね。風を浴びて飛びながら、気ままに重心を変えている。経験則による制御ありきで、カモメは飛んでいるんだ。

自然のものを模す場合は、それそのものの性質や構造の根本を理解して、必要な部分だけをうまく抜き出してやらなきゃね。翼だけを律儀にトレースしたってさ、鳥と同じようには飛べないよ。開発者のボニーさんは曲芸飛行には長けていたのかもしれないけど、それで鳥の飛行法を完璧に真似られるわけではない。飛行家としての経験と我流の鳥類研究で、鳥の本質を理解したと思い込んだのが間違いの源だった。初飛行で帰らぬ人となったのは残念なことだけど、それも尊い犠牲の一つだ。ボニーガルの墜落以降、飛行機造りにおいて鳥の翼をそのまま真似る選択肢は捨てられ、現在の飛行機があるんだから。

ねえ、中本さん、少なくとも僕はそう思うんだけど、中本さんはどう思う?

ニムロッド

*

スケジュール共有ソフトの掲示板に僕への辞令が貼り出される形で、ビットコイン採掘を目的とする課の発足が正式に発表された。朝礼もしないような会社だから、別件で部課長クラスが揃う会議の場に僕も呼ばれ、就任の挨拶をした。その場では新たな業務についてつっこんで聞かれることもなかったけれど、会議から戻ると社長からメールが届いていた。社内全員に宛てたメーリングリストで、新たな課の簡単な紹介をしておくようにとのことだった。社長が言い出して新設した課なのに、その存在意義の説明まで僕に丸投げされているようで少し不満だった。でも、それもまとめて業務命令と言われてしまったらしょうがない。社長からのメールには、課の名前を好きに決めていいとも書いてあった。

案1、仮想通貨課
案2、ビットコイン課
案3、採掘課

この三つの案がまずは浮かんだ。けれど僕以外に課員はおらず相談相手がいない。ちょうどその日の夜、週一のペースで会っている田久保紀子との約束があったので、客観的な意見を聞いてみたいと思った。全社に一斉メールを送るのは翌日以降になっても構わないだろう。

田久保紀子によって、案1は即座に却下された。

「言いにくい」

というのがその理由だ。「かそうつうかか」、確かに言いにくい。次に却下されたのは、案2の「ビットコイン課」だった。

彼女曰く、ビットコインは仮想通貨の一種にすぎないので、課の業務がうまく回って他の仮想通貨へ手を拡げていけば、案2の「ビットコイン課」は実態に即さなくなるだろう、とのことだった。ならば案3で決まりかというと、それにも首を縦に振らない。こんな風に、彼女に主導権をすっかり奪われることがよくある。というかほとんどの場合がそうで、今回も彼女が満足のいく課の名前を提案するゲームのような様相を帯びてきた。

少し考えたところで目新しい案は浮かばず、結局僕は、案3の「採掘課」の前に何か付け加える可能性について提案した。例えば、「仮想通貨採掘課」にした方がいいだろうか、と。彼女は不満そうに唇を尖らせると、ベッドの上で仰向けからうつ伏せに体勢を変えた。それから肘をたてて頬杖をつく。

「ビットコイン以外の仮想通貨はまとめてアルトコインって呼ばれてるんだよね。オルタナティブ・コイン。で、オルタナと言えばやっぱり、魚座のジーザス野郎であるところのカート・コバーンじゃない？」

「カート・コバーン？」

「君はほんと、なんも知らないよね」

ついこの間も、社長に無知をなじられたところだ。皆が僕の無知をなじるけど、僕の代わりに誰かが知ってるんだからいいじゃん、とも思う。
僕は裸で毛布にくるまったまま、iPhone 8に手を伸ばした。「カート・コバーン」を検索してみると、検索結果のトップにはWikipediaのその項目が表示される。「アメリカのミュージシャン、ソングライター。ロックバンド・ニルヴァーナのボーカリスト兼ギタリストとして知られる。姓について日本では「コバーン」という発音・表記が多いが、発音は「[koʊˈbeın]」、または「[kəˈbeın]」であり、「コベイン」とするほうが近い」。二十七歳で自殺したロックバンドのボーカリスト。ロックスターは二十七歳で死ぬ。そんなことをどこかで聞いた気がする。Googleの検索画面に戻り、「ミュージシャン　27歳　死亡」と検索すると、最初に出てきたのはまたもやWikipediaだ。

27クラブ

二十七歳で死亡したポピュラー音楽のミュージシャン、アーティストらが列挙されている。過去に統計学的調査までされているそうだ。「名声はミュージシャンの死亡リスクを高めるかも知れないが、このリスクは27歳に限定されない」。つまり、二十七歳ジャストで死ぬとは限らないが、成功したロックスターが二十代から三十代のうちに死亡するリスクは統計学的にも高い、ということらしい。薬物、アルコールへの依存や金銭トラブルなどの災難は、成功した芸術家であるが故に招かれるものだろう。しかしたかだか二十七歳なんて、まだ子供みたいなもんじゃないか。人類の平均寿命は今も延び続けているんだから、と三十八歳の僕なんかは思う。

統計学はさておいて、Wikipedia を読んでいると、この俗説にはそれなりの信憑性がありそうな気がしてくる。二十七歳で死んだというアーティストたちの名前には、その分野に不案内な僕でも聞きかじったことのあるものが幾つか含まれていた。中でもジミ・ヘンドリックスは、確か「ジミヘン」と略して呼ばれていたはずだ。高校時代、丸いアフロヘアの真ん中で顎を突き出した男の顔がプリントされたTシャツを着た同級生がいた。当時ジミヘンを知らなかった僕は、彼に「その模様は何なのか？」と聞いた覚えがある。片田舎の高校生の着るTシャツにまで進出しているような有名人と肩を並べ、Wikipedia に記述されているカート・コベイン。彼にしても、相当有名であることは間違いなさそうだ。

「そのカート・コベインが、どう関係してくるの？」

僕がそう聞くと、薄いシーツだけを身に巻きつけて向こうを向いている彼女の耳がぴくぴくと動いたように見えたが、それは目の錯覚かもしれない。

「彼の所属するバンド名はNIRVANAでね、これは涅槃を意味するの」

「涅槃？」

「うん、知らないと思った。一切の煩悩から解放されて死んでいても生きていても同じに感じる、そのくらいに解脱している状態」

そんなバンド名を付けているから涅槃に至った結果死んだのか。そう納得しかけたけど、よく考えるとこれは逆だ。本当に煩悩から解放されて、死んでいても生きていても同じ状態なんであれば、わざわざ自殺を選んだりはしない。

「涅槃課。涅槃の境地に至ったうえで、ただただ金を掘る。煩悩とは関係ないところで金を掘る。けどよく考えたら関係なさすぎだよね。ごめんね、つまんないこと言って。取り下げるね。寝るね」

今日は彼女の職場近くのグランドハイアットに呼ばれ、部屋に入ると、既に彼女はシャンパン一本をほとんど飲み干してしまっていた。仕事でちょっとトラブルがあったそうで、多少苛ついているようだった。いつもいくら酔っても顔色が変わらないのに、その実しっかり酔っている。細長いシャンパングラスをサイドテーブルに置いた時、シーツに包まれていた彼女の肩が露わになった。ダウンライトの暖色系の光が、その肩をつややかに照らしている。

澄んだ空気を送り出すエアコンの音と、酔ったまま寝た彼女の寝息を聞いてると、心地よさに包まれ、僕は隣に寝ている彼女とこれ以上触れ合う必要を感じないまま、いつの間にか眠っていた。

八時にかけているアラームで目を覚ますと、既に田久保紀子はいなくなっていた。iPhone 8には新規のメッセージが届いていて、僕はLINEアプリを開いた。

takubon：先に出るね。またね。昨日はありがと

彼女からのそのメッセージに何か返すべきか一瞬考え、結局返さずにiPhone 8をサイドテーブルに戻した。彼女と付き合うようになって、ホテルから出社することにもだんだん慣れてきた。ここから職場まではそう遠くないから、まだベッドでまどろんでいても始業時間には十分間に合う。僕は昨日の課の名前の続きを考え、やはりシンプルな案3を採用することにしようと思った。システムサポート部採掘課。考えてみれば、なぜシステムサポート部に所属する僕にこんな役が回ってきたのか。ビット

コインについて調べ始めるとすぐに思い当たることになるのだけど、先日の飲みの席でまだ何も知らない僕は、社長にそんな疑問をぶつけた。「資本主義におけるシステムサポートそのものだからだよ、ビットコインを掘る作業は」と彼は即答した。「考えてみなさいよ、中本さん。通貨はさ、資本主義というシステムの根本にあるものだ。その通貨の成立に協力するんだよ？　それがシステムサポート以外のなんだっていうんだ？」

社長の言いぶりから、こちらを言いくるめようとする様子がありありとうかがわれた。でも、僕がそれまでの仕事に飽きていたのもまた事実で、新しいことに取り組むのは何にせよ楽しみでもあった。

九時ちょうどに出社して早速、「採掘課」を紹介する全社一斉メールの下書きに取りかかった。そもそも社長がビットコインの採掘に手を出すことにしたのは、顧客への貸し出し用に用意しているサーバーのうち、契約がつかず遊んでいるものの有効活用を目論んでのことだと聞かされている。採掘といっても実際にヘルメットを被って、ツルハシを持ち、金脈を求めてえっさほらさと地面を掘るわけではない。それはそれで、いい運動になりそうだけど、あまりに本業からかけ離れているし、人間が金を掘り出して六千年ぐらいは経っているそうだから、所有者のいない金脈がすぐに見つかるわけもない。

　ビットコインが埋まっているのは地面とは別のところだ。いや、厳密に言えば、埋まっているわけではなく、その存在を保証する取引台帳があるだけだ。例えばAさんが10BTC持っていて、Bさんが5BTC持っているとする。そしてAさんがBさんに5BTC譲渡するとする。それらのやり取りを細大漏らさず台帳に記載したら、帳簿上はAさんが5BTCを保有していて、Bさんが10BTC保有していることになる。要は、誰がいくら保有しているかが書いてあるだけなのだけど、その状態を存在すると皆で合意すれば、ビットコインは確かに存在するということになる。

　ここで問題になるのは、その台帳の分散保有と発生した取引の追記をどう継続していくのか、ということだ。追記するためには分散保有されている取引台帳のデータを確認しながら、新たに発生したすべての取引を記載しなければならない。ビットコインのアルゴリズムはここをうまく解決していて、僕は割り箸を割りながら、思わず「うまいね」と呟いた。ちょうどその時、座敷のある蕎麦屋に入って「おかめ蕎麦」という耳慣れないメニューを好奇心に誘われるまま注文し、運ばれてきたところだった。僕は、テーブルの濡れていない場所に、ビットコインについての本を開いたままで置き、蕎麦をすすりながら続きを読む。

　ビットコインは、台帳へのデータの追記をアルゴリズムに参加したPCの計算力を借りて行う。無償ではない。計算したPCには、その報酬として新たに発行したビットコインが贈られる。台帳によって存在が保証されるビットコインの、その存在そのものを担保することに力を貸すことで報酬が支払われ、そのことがまた参加者にビットコインの価値を感じさせるのだ。うまい、虚無から何かを取り出している！　さらにうまいのは、新規に発行されるビットコインの上限が定められていることだ。新規のビットコインは現在も刻々と発行されているが、発行のペースが徐々に遅くなっていくようになっているらしい。上限が定められている以上、いつかはそこに辿り着く。アキレスと亀の寓話のように、永久にゴールに辿り着かない設定にすることも可能だったはずだ。だけど、ビットコインの創設者は埋蔵量を明確に規定し、採掘が完了するタイミングをかなり正確に割り出すことを可能にしている。それが、二一四〇年ということだ。

　採掘作業＝取引履歴の記載。報酬としての新規発行の割り当てがなくなったら、誰もCPUパワーを貸さなくなるのだろうか。それとも無数にあるどこかのPCが採掘を続け、ビットコインは存在し続けるのか、あるいは誰も採掘しなくなって、存在を担保できなくなってしまうのか。今のところそれは、誰にもわからない。

二一四〇年を遠い未来と思うか、すぐ先だと思うか。人間の平均寿命が延びつつあるとはいえ、例えば僕自身が、そこまで生きていることはないだろう。不老不死に近い技術がそれまでに開発されないと言いきることはできないが、百二十年後には、今のビットコイン取引参加者のほぼ全員が、やはり既にこの世を去っているはずだ。

*

駄目な飛行機コレクション　No.6

スネクマ C.450 コレオプテール

フランスの垂直離着陸（VTOL）機。

後部は巨大なエンジンのように見えるが、これは環状翼。

垂直に着陸するときは後ろを振り返って地面を見ながらの操縦という問題点があり、水平飛行と垂直飛行の切り替えにも危険があった。

9回目の試験飛行中にホバリングに失敗、墜落し、プロジェクトは終了した。

中本さん、お疲れ様。今日の駄目な飛行機は「スネクマ C.450 コレオプテール」だよ。これは何と言ってもその、ロケットみたいな形状に特徴がある。円筒の上部にぴょこんと、角度を九十度まで変更することができるコックピットが付いているんだ。幾何学的な形状の遊具から鳥が顔を突き出しているみたいで、全く飛行機らしくない外見をしている。普通の飛行機はさ、滑走路を助走して斜めに離陸するよね。この「スネクマ C.450 コレオプテール」は、設計思想からして斬新だ。円筒の最下部から真下にジェット噴射して離陸し、その後上空で横倒しになってから水平飛行する寸法なんだよ。うまくいけば滑走路の必要がなくなって、普通の船の上から飛び立つなんてことも可能になるかもしれない。けれど、一つの動力だけで安定的に垂直浮上するのってとても難しいんだ。おまけに、真上を向いて飛んでいるものの角度を空中で変えるなんて、素人目にも離れ業だよね。

近頃で垂直に飛び立つ機と言えば、君も「オスプレイ」のことがすぐに思い浮かんだんじゃないかな。事故率の高さが問題になって、沖縄の米軍基地に配備される時に大騒動が起きたあれだよ。

それでもオスプレイの場合は、推進動力が左右二系統ある。さらに、ジェットエンジンではなくてプロペラ動力で浮くわけだからね。それでも安定性に疑問が残るんだから、「スネクマ C.450 コレオプテール」で実現しようとした目論見なんてどだい無茶なんだよ。

駄目っぷりについては、前回紹介した「ボニーガル」と好対照だといえるかもしれない。あちらは自然を模そうとして失敗した。こちらは自然に真っ向から対立しようとして失敗した。何事もバランスが大切、ということだよね。

ねえ、中本さん、僕らも普段から留意すべきことだと思わないかい？

ニムロッド

*

自然を模す、あるいは対立する。ニムロッドが書いてよこした言葉が頭にこびりついていた。ビットコインの場合は埋蔵量が創設者によって定められている。人々が実際の金、つまりゴールドを欲しがって値段が上がるメカニズムをよく理解して設定されたように思える。限られているから欲しくなる。他者が欲しがるからより欲しくなる。自然な欲望。逆にジンバブエドルみたいに、市場に必要とされていないのに紙幣を刷り続けると強烈なインフレが起こる。僕もそこまで詳しいわけではないけど、ジンバブエドルについては貨幣価値低下の歯止めがかからずにやむなく発行することになった、十個以上のゼロが並ぶ紙幣をインターネットで見かけたことがあった。

採掘課の課長である僕は手近にあるツルハシ――ではなくて、余剰のサーバーマシンを活用して採掘を開始しなければならない。何事も、試してみないことには感触が摑めない僕は、まずは採掘のための専用ソフトウェアをPCにインストールするところから始めることにした。ビットコイン用のソフトだけでも数種類あったので、三つ選んで同じ性能のマシンにインストールし、一日中稼働させてみる。丸一日の間に最もたくさんビットコインを獲得できたソフトを採用するのが効率的なはずだ。

後は寝て待っていればよい、ということであれば楽なものだけど、そういうわけにもいかなかった。社長からは、今までのシステムサポートの業務も続け、副業的にビットコインの採掘をするよう指示されている。まあ、それでも、業務中に大手を振って実験じみたことをやれるのは単純に楽しい。普段は決まった設定しかできないサーバーだって、自由に使い放題なのだし。

採掘ソフトを起動したまま帰宅し、一夜明けて出社する時の僕は少し浮足立っていた。アルファベットの「B」をウナギのかば焼きみたいに二本の串で刺した、ビットコインのマーク、変則のB。僕のオフィスの地下階で余り物だったサーバーたちにもやっと役割が与えられ、夜間もぶっ続けでせっせと変則Bを掘っているはずだ。御茶ノ水駅で総武線を降り、マスクをつけた人々の合間を縫って、古いレンガ造りのオフィスビルに入る。エレベーターに乗り込む足取りも自然と軽やかになっている。三階にあるオフィスのゲートにICカードをかざして通り抜け、五階の自分のデスクにカバンとスプリングコートを置く。それから僕は、働き者の地下採掘者たちのところに急いだ。安く借りられる地下にサーバールームを設けているのは、名古屋支店も一緒だ。小学生の頃、登校してすぐに育てていた朝顔を見に行く時のような、子供じみた好奇心が湧いてきている。

H－11－1からH－11－3。ビットコインを採掘しているサーバーたち。ところどころ小さな灯りの点る機械が整然とラックに並ぶさまは、昔の人が見れば、宗教施設の一部だとでも思うだろうか。それも何かとても重要な役割を担った不思議な道具をまつったものだと映るかもしれない。僕はその道具を使って、仮想通貨を掘っているのだ。サーバールームの隅にある採掘中の筐体を思い描きながら、そこに繋がるドアを開けた。いつも通りマシンの駆動音が耳を刺す。

カンカンと金属の床に音を立てながら僕はそのマシンの挿さったラックまで歩き、ディスプレイを引っ張り出して採掘状況を確認した。一番多く採掘できていたのが、0・001BTCで、最少が0・0007BTCだった。オフィスから持ってきた自分のノートPCでエクセルを立ち上げ、0・001BTCを日本円に換算してみると、約九百二十円程度になった。ただ置いておけば何の役にも立たない金属とプラスチックの塊を、一日稼働させるだけでそれだけの稼ぎを出したことになる。僕はその場にしゃがみ込んで床にノートPCを置き、現在仕事が割り当てられていないサーバーの数とスペックの資料を確認した。その上で、一日に採掘できるビットコインの量の概算を割り出す。ソフトを試したサーバーは余剰マシンの中でも最低ランクのものだから、最低でも一日当たり九百二十円稼げるとする。余っているマシンは十一台あるから、単純計算で九百二十円×十一台＝一万百二十円稼げることになる。サーバーは人間と違って土日も祝日も有休も関係ないので、月間三十日みっちり稼働できるとして、一万百二十円×三十日で、月におよそ三十万円分のビットコインを採掘できる。必要経費は電気代くらいで、多めに見積もって十万円として、二十万円程度の儲けが出る計算だ。まさに虚無から金を取り出すわけだ！　これはいい！　自分の席に戻ってすぐさま社長にその旨メールで報告すると、すぐに短い返信があった。

「なんだその程度か」

月の売り上げが三十万円、という側面よりも、何もないところから金が生まれてくることに僕はわりと感動していたのだけど、社長の反応は当てが外れたような感じだった。確かに大した金額ではない。でもやらないよりはましじゃないか。そう不満に思っていると、社長から重ねてすぐにメールが来た。

「でもないよりは全然ましだな。より効率のいい採掘を目指してくれれば!」

僕はどうにも感情のおさまりがつかなくて、iPhone 8を取り出しLINEのアイコンをタップした。ニムロッドとのトークルームを開き、メッセージを打ち込む。

ここしばらく、彼からは「駄目な飛行機コレクション」という訳のわからないメールが届き続けていたのだが、相手をしている暇がなくて、ずっと無視していたのだ。

＊

satoshi：お疲れ様です。中本です。相変わらず暇そうですね。

satoshi：報告です。僕は今、ビットコインを採掘するための部署にいます。社長の思い付きで、名前ばかりの課長職です。多少の儲けは出る算段がつきそうなんですが、社長からの反応が薄くてやる気を削がれてますよ。

satoshi：そういえば近頃送ってくる、あの謎のメールはなんですか？　つっこむのが遅くなってすみません。

satoshi：システムサポートの仕事を兼務、というかむしろそちらがメインなので、例の案件でまた来週名古屋に行きます。水曜、空いてたら一杯行きましょう。

＊

nimrod：中本さん、ご昇進おめでとうございます。

nimrod：駄目な飛行機コレクション、楽しんでくれているようで僕も嬉しいよ。ちょうど新しいメールを書き終わったところだからすぐに送るね。

＊

駄目な飛行機コレクション　No.7

コンベアXFY－1ポゴ

アメリカ海軍が計画しコンベア社で製作した垂直離着陸戦闘機。

滑走せずに離着陸できるという考え方には利点があったが、パイロットは地面が見えないため、着陸が非常に困難であり、問題解決の見込みが全く立たなかった。

また、時代遅れの飛行速度も計画中止の一因となった。


さて、今回の駄目な飛行機は「コンベア XFY－1 ポゴ」。前回に引き続き、垂直に飛び立つタイプだよ。ただ機体の形は、前回紹介したあのドラム缶みたいな不格好な代物より飛行機らしい。羽だってちゃんとあるしね。直立した機体は真上から見ると十字形をしていて、反転する二重プロペラが先端に付いている。垂直にふわりと浮いて、それから水平方向への移行はスムーズにいったそうだ。

マッハ一未満の亜音速しか出せないことも問題視されたらしいけど、より問題なのは、着陸する時に地面が見えないことだよね。下が見えない状態で飛行機を縦に置くような着地は、ずいぶん心もとない。ただ闇雲に上を目指すんであれば、この形でいいんだろうけどね。でも、そういうもんじゃないよな。飛行機って、要は点と点を結ぶための移動機械だ。ロケットみたいに高く飛んで戻ってこられさえすれば、どこに着陸しても構わない、というわけではないからね。高く飛ぶのは目的じゃなくて、あくまでも手段。その点を取り違えちゃいけないよね。ただ、「コンベア XFY－1 ポゴ」の実験では誰も死んでいない。日本の国民的アニメ『鉄腕アトム』にも登場しているらしいんだけど、そんなことも多少は関係するのかな。

ちなみにこの駄目な飛行機コレクション、前にもＵＲＬを送ったけど実は元ネタがあってね。「NAVER まとめ」っていうまとめサイトにあがっているんだ。次の作品を書くための下準備として駄目な飛行機たちを調べていると、不思議と癒されるものだから、是非、中本さんにも教えてあげようと思って。

ねえ、中本さん、僕は思うんだけど、駄目な飛行機があったからこそ、駄目じゃない飛行機が今あるんだね。でも、もし、駄目な飛行機が造られるまでもなく、駄目じゃない飛行機が造られたのだとしたら、彼らは必要なかったということになるのかな？

ところで今の僕たちは駄目な人間なんだろうか？　いつか駄目じゃなくなるんだろうか？　人間全体として駄目じゃなくなったとしたら、それまでの人間たちが駄目だったということになるんだろうか？　でも駄目じゃない、完全な人間ってなんだろう？　って聞かれても困るよね。とにかく僕は今、そんなことを考えながら筆を進めているよ。

参考）ダメな飛行機コレクション

(https://matome.naver.jp/odai/2134044836902299701)

P．S．

中本さん、来週水曜の出張の件、了解しました。もちろん、予定空けときますよ。それから改めてご昇進おめでとう。昇進祝いも兼ねてぜひ一杯行きましょう。

ニムロッド

＊

夕方五時に、田久保紀子と上野駅前のさくらテラスで晩御飯を食べている。彼女が選んだのは一階にある鶏の丸焼きを出す店だった。ガラス越しに見える街を行きかう人々は、コートを着ている人も、シャツ一枚の人もいた。そして多くの人が防毒用みたいにマスクを付けている。春が近づく気候の定まらない季節だ。彼女はそのまま出張でシンガポールに発つ。成田空港直通のスカイライナーの時間まで食事をしようということになり、僕は会社を早びけして上野で落ち合った。鶏が焼きあがるまで四十分程度かかるらしく、着席してすぐに頼んだ。

「荷室だから、ニムロッド?」

「そう、荷室さん。会社の先輩」

「ニムロッド?」

「ニムロッド」は会社の先輩である荷室仁の自称だ。会社のメールアドレスも、@の前がnimrodとなっている。ニムロッドはもともと東京本社にいて、僕と同じシステムサポート部隊で働いていた。年齢は確か僕より一つ上。独特な言語センスを持っていて、そういえば原因不明のシステム停止を「心臓麻痺」と呼び始めたのも彼だった。ニムロッドが東京からいなくなっても、言葉だけが残っている。名古屋勤務になったのは、彼が鬱病になったことがきっかけだった。

個人差があるとはいえ、うちの会社の勤務実態はそうブラックな方ではないと思う。ニムロッドの鬱にしても、おそらくは過労のせいというわけではない。もっとも、ニムロッドの仕事内容を全部把握してはいないし、過労から鬱を発症するメカニズムに詳しくもないのだけれど。

ただ僕の所見を述べるとすれば、それまでどちらかと言えば溌剌と働いていたニムロッドは、ある日突然会社に来なくなった。彼はほとんど有休を使っていなかったので、年間の二十日が丸々残っていた。それを全部使いきっても、まだ彼は復帰できなかった。鬱になって会社に来なくなり退社するケースなら、社内で他にもあった。例えば営業部に第二新卒で入ってきた女性は、鬱病の診断が下って数ヵ月休んだ後、一旦復帰をしたが、ひと月も経たないうちにまた会社に来られなくなって、結局そのまま退社してしまった。

ニムロッドが作家を目指していて、新人賞の最終選考に三回連続で残っては落選していることも、本人から聞いて知っている。傍目から判断できることではないけど、そうしたことが心理的なダメージになっていたりもしたのか。最後に落選したのは鬱になる一年前のことで、それが特に大きな打撃になったのは間違いないと思う。一緒に飲む度、彼は自らの有りあまる才能について面白おかしく語るのが常だったのに、最後の落選以降、小説や才能といったことについてまったく話さなくなった。こないだの「駄目な飛行機コレクション」のメールで知らされるまで、僕は彼が新しい小説を執筆していることも知らなかった。

ニムロッドは二十日間有休を取り、その後三ヵ月は休職扱いとなった。それから、彼の場合は復職することができた。休職中に会社との話ができていたようで、東京で二週間勤務した後、実家のある名古屋に転勤することになった。本人の希望だったそうだ。それが、つい半年ほど前のこと。

「それで、ニムロッドさん、今は実家から会社に通ってるの？」

「そう。実家にいる彼なんて、全然想像できないけど」

「恋人とかいないのかな？」

どうだろう？　東京にいた頃の彼は時々会う女性がいる、みたいなことを言っていたような気がする。確か、シェイクスピアが好きな子で、とかそんなのろけみたいなことを言っていたことがあった。

鶏の丸焼き、メニューでは「ロティサリーチキン」となっていたそれがやって来る。料理が出てくると、彼女はひとしきり味わうまであまり話さなくなる。ナイフとフォークを使って、骨から肉片をきれいに切り取って、フォークで口に運ぶ。僕と目が合って、目だけで笑う。おいし、と小さく呟く彼女の様子を、僕も食べながら観察する。

食事が一段落して再開した会話の話題は、ニムロッドではなく採掘のことだ。結局、新設の課の名前はシンプルに採掘課にした。

「採掘《マイニング》の対象はビットコイン？」

「そう」

「なら、別のも試してみたら？　もっとマイナーな仮想通貨ならその倍はいくはず。相場が暴落したらおじゃんになる可能性もあるけどね。その辺はリスク分散しながら」まあ、仮想通貨全体が暴落ってこともあるかもしれないけど。無責任にそう言い放ってから、彼女は時計を気にし始める。

「そろそろ時間？」

左手首を突き出して、くの字型に曲げて時計を見る。それから、んー、と薄い唇を横に広げて眉を寄せる。「もうちょっと大丈夫かな」

つられて僕もテーブルに置いたiPhone 8に視線を落とし、時間を確認する。

17:55。僕の場合、出張と言えば名古屋ばかりだから新幹線がメインで、飛行機に乗ることはない。プライベートでも長らく乗っていなくて、三年くらい前に羽田から福岡行きの便に乗ったのが最後だ。福岡空港から地下鉄に乗ると、わずか五分で博多駅に着く。その近さに驚いたことはよく覚えているけど、当時どういう目的で博多に行ったのかはすぐには思い出せなかった。きっとそれ以上に印象に残るようなことがその旅行だか用事にはなかったんだな、と結論づけかけた時、そうだあれは友達の結婚式に参列したのだった、と思い出す。大学で同じゼミだった三人ほどが呼ばれ、最初は皆行くと言っていたのに、他の二人はドタキャンして僕だけが参加したんだった。新郎以外に知り合いがいなくて、けっこう気まずかった。

グラスに残っていたスパークリングワインをぐいと飲み干し、十八時五分に席を立った。店を出て、公園沿いに京成線の駅を目指す。左側を歩く彼女が僕の手を握ってきて、僕もその手を握り返したら、急に噴き出すように性欲が湧いた。けれど彼女は、十数分後に上野を発つ京成スカイライナーに乗らなければならない。そう思うとさらに興奮が募った。しかし、だからって出張を取りやめてもらうことなどできないし、スカイライナーを見送ってホテルに行った後で、シンガポール便に間に合うように成田まで送り届ける術はない。だから僕の性欲のことは口にも態度にも出さず、大人しく改札まで送ることにした。

じゃあね、の後で一瞬何かを言い淀むような空気が流れる。でもそれは僕の気のせいかもしれない、彼女は一度だけ振り返り、それからホームへと消えた。結婚するつもりも子供を産むつもりもない、外資系証券会社勤務の、三十七歳の田久保紀子。

田久保紀子を乗せたスカイライナーは、あと四十分ほどで成田空港に着く。旅慣れた身軽さで、彼女の荷物は機内持ち込み可のサイズのキャリーバッグにすっぽり収まっている。機内ではヘッドフォンを付け、アクションやホラーを避けた洋画を小さめの音量でかけるのだろう。睡眠薬を飲んでからほどなくして眠りに落ち、フライト中はほとんどを寝て過ごす。起きたらそのまま、朝一の会議に出席するのだ。前に彼女本人が話していた、海外出張する時の習慣をそのまま想像してみる。寝つきが悪いから、睡眠薬を常備しているらしい。飛行機に乗っている間は嫌なことを思い出すことが多いから、なるべく眠ってしまいたいと言っていた。

「嫌なことって？」僕がそう聞いたのはたしか初めて彼女にお呼ばれした時のことだ。

「前に結婚してた時のこと」

と言ってから、

「そういう話苦手な人？」

と聞いてくる。それから彼女は厚みのない唇を、口紅を馴染ませるときみたいに内側に巻き込んでぎゅっと閉じた。

「いや、」に続けて、大丈夫だよ、か、得意だよ、とでも言うべきかと考え、そんな言いざまもなんだかな、と思ってやめた。

彼女に離婚歴があることは既に知っていたと思う。別れたのは、僕と知り合う一年前のことらしい。きっかけは多分妊娠したことになると思う、と彼女は言った。相手はもともと会社の同僚だったんだけどね、向こうが転職しちゃったから今は別の職場。

あまり詳しいことを聞くのは怖いようなすべり出しだけど、打明け話が始まってしまった以上は、続きを促さざるを得ない雰囲気になった。彼女は僕以外の別の男にもこの話をしたことがある。なぜだか僕はそう直感した。きっとこれは彼女にとって、一種の通過儀礼のようなものなのだ。僕がまた会ってもいい相手かどうかを判断するための。月々の家賃をあえて抑え、月に最低でも五泊は都内のホテルで寝泊まりしている田久保紀子。

彼女と知り合ったのは、転職した元同僚から、数合わせで呼ばれた飲み会でのことだった。その日、田久保紀子は、大きなキャリーバッグを引きずりながら三十分遅れてやって来て、喉を潤すためかビールを一気に飲み干し、すぐに場に溶け込んだ。それからたまにＬＩＮＥでメッセージをやり取りする関係になって、二回飲みにいき、三回目の予定を調整していたある日、Google マップのある座標を示したリンクが送られてきて、

takubon：来れないかな？

と誘われたのだった。場所はホテル椿山荘だった。有名なホテルだけれど、平日は宿泊客が多くはなさそうだった。ホテル二階のピアノの生演奏が響くバーの店内をギャルソンに案内され、奥まった窓際の席に座る彼女の姿を見つけた。一年前の今と同じ春の夜で、彼女の前には桜色のフローズンカクテルが置かれていた。彼女と並んで

座ると、窓から夕闇の中に広がる庭園が見渡せた。僕が頼んだ酒は、多分いつも通りギムレットかジントニックのどちらかだったはずだ。

田久保紀子の嫌なことは、彼女に子供ができたことに端を発していた。当時、彼女も夫も絶対に子供が欲しいというわけではなく、できないならできないで構わない、そういうスタンスで夫婦生活を営んでいたらしい。二人の生まれ育った環境は似通っている。お互いの得手不得手、美徳もくだらない部分も、細やかなところまで理解し合っていると感じていた。彼女は中学から皇居の近くにある有名な女子校に通い、良い大学に入って学生時代には留学もし、ＴＯＥＩＣのスコアは８５０点以上、スムーズに外資系証券会社に就職した。一方で彼は、神奈川県の名門男子高校に入り、県内で最も偏差値の高い大学に入ってやはり留学し、彼女と同期で入社した。彼女の話によれば彼の顔の造作はさほどでもないが、それにしては不当なほどモテていたそうだ。多分、お似合いの二人だったんだろう。

「結婚して五年経って、ある日私が妊娠してることがわかったの」

思いの外、彼は喜んだ。どっちでもいい、と言っていたのは彼女が妊娠しづらい体質だった場合に備えての気遣いだったのか、あるいは期待通りにいかなかった時、がつかりしないよう自分にそう言い聞かせていたのか。そう訝ってしまうくらいに法外な喜びようだったそうだ。彼の嬉しそうな様子を見るうち、彼女にも喜びが湧いてきた。完璧なキャリア、完璧な人生。完璧な彼らは、出生前診断を受けることにした。出産予定日の年齢が三十五歳に達するので、クワトロテストではなく、より精度の高いNIPTを受けられる。胎児の入っているお腹に針を刺すことなく、99・9％以上の確度で対象の染色体異常がないかどうかがわかるのだ。完璧な遺伝子チェック。

「NIPTを受けるにあたって、夫婦揃って必ず二回、医師と面談する必要があるの。最初の面談で、母親の血液を採るだけで済むのはなぜですかって聞いたら、担当の女性医師は、母体の血液に胎児の遺伝子情報がわずかに混じっているからだって教えてくれた。彼と二人で、へえーって感心したのをよく覚えてる」

窓のカーテンを開け放し、スタンドランプだけを灯した部屋の中から、僕は明け方の街を見ていた。もともと僕を呼ぶつもりでいたのかはわからないけど、彼女はシティビューでキングサイズのベッドが一つ置いてある部屋を取っていた。彼女の細い肩の線が、薄暗い部屋の中に白く浮かび上がっていた。話の展開は簡単に読めるようでいて、結婚したことも、子供を持ったことも、もちろん妊娠したこともない僕が彼女に共感できる部分があるかはわからない。僕は促すでも拒絶するでもなく、ただ同じベッドに寝転んで、彼女の言葉に耳を傾けていた。

「ああいう場所って、男の人はほんと駄目ね。確かに全員女医さんだったし、看護師も女性ばかりだった。夫の立場で来ている彼だけが男性で、一回目の面談が始まってすぐに、後悔しているのが見て取れた。NIPTを受けることそのものを見直すっていうよりも、そんな場にいる羽目になったことを悔やんでいる感じ。面談の二回目に私が採血されて、三回目に結果を聞きにいくわけだけど、最初から彼、目に見えて震えるってほどじゃないにしても、相当動揺していたことがわかった。一回目は、軽くインタビューを受けるだけだったのにね」

その検査で染色体異常が見つかって、結果彼女は子供を産まなかった。検査を受ける前から、異常が見つかれば産まないと決めていたのだが、決断するまで一週間以上悩んだそうだ。判断の期限が迫る中、当時の夫は判断を彼女に委ね、どんな場合でも支えると言った。その時の彼女は混乱していて、夫の態度は妥当なものだと思って腹を立てなかった。だが結局は、その時のことが夫婦生活に必要な何かをじわじわと侵食し、気が付けば駄目になっていた。夫は、判断を完全に彼女に預けるべきではなかった。少なくとも半分は受け持つべきだった。彼女は、今にしてそう思う。

「それで、もう結婚もしないし、子供も作らない？」

「別にかたくなにそう決めているわけじゃないけど。ただ、もうのれないような気がするだけ」

「のれないって、何に？」

「人類の営み、みたいなもの？」

そこからは、彼女の体をまさぐりながらの会話。多分あの時、僕たちは今みたいな距離感で付き合うことを決めた。

＊

駄目な飛行機コレクション　No.8

BAE ニムロッド AEW.3

1976年に始まったイギリス空軍のニムロッドを早期警戒機（AEW）にするプロジェクト。機首と尾部に大型レーダーを搭載し、周囲の警戒を行う仕組みであったが、開発費用の面よりアメリカ製ボーイングE－3早期警戒管制機の導入が決定

された、AEW.3は失敗作となった。

　今回の駄目な飛行機は「BAE ニムロッド AEW.3」だ。ニムロッド？　僕のニックネームと同じ名前だね。親近感を覚えてしまう。僕のは勝手に名乗っているだけだけど、イギリス軍はどうしてこの名前を付けたんだろうね？「BAE ニムロッド AEW.3」の元になったホーカー・シドレー コメットは旅客機だった。それが対潜哨戒機、つまり潜水艦探知用の BAE ニムロッドとして空軍で運用されるようになり、さらに空軍は BAE ニムロッドに探索用大型レーダーを無理やりくっつけて、空中目標を探知できる早期警戒機に改造しようとした。

「BAE ニムロッド AEW.3」は一見して、無骨で無理のあるスタイリングが目に付く。機首のレーダー部分が明らかに別物で、ただくっつけときました感満載だ。こんなものを造るのに、開発費もかなりかさんだらしい。元々あった機体をアレンジして使っているということは、本来は経費削減を狙っていたはずだ。その目的すら果たせないんであれば、これはもうどうしようもない。とっとと手を引くのが正しいってもんだ。

でもね、自分の名前も含まれていることだし、僕はこのニムロッドシリーズの肩を持ちたい気分なんだ。対潜哨戒機のニムロッドの方も、改装による後続機の開発が予算面で次々頓挫している。しまいには、配備されているうちの一機が、二〇〇六年に火災で墜落し、乗員十四人が全員死亡してしまったんだ。老朽化が進んでいて補修が急務であったのに、経費の切り詰めで延期されていたんだね。

古いものに継ぎ足して、開発期間の短縮と経費削減を狙ったことが、最悪の結果に繋がった。損害も尋常ではなかったし、一から全部造り直した方がよかったのかもしれないね。ねえ、中本さん。まったくもって、駄目な展開だと思わないか？　これじゃあ、肩の持ちようなんてまるでないじゃないか？

ニムロッド

＊

名古屋出張の目的を果たした後、名古屋駅の西側、太閤通口付近でニムロッドと飲む約束をしている。東側の桜通口の方は再開発が進んで小綺麗なビルがどんどん建っていくのに比べ、西側は発展から取り残されているようだ。駅から見える風景には家電量販店やビジネスホテルが点在しているが、少し歩けばすぐに、古いアーケードの商店街や昭和の時代からの低層ビルしか見当たらなくなる。東京の街で例えるなら、駅を挟んで東と西に、銀座の表通りと新宿のゴールデン街を無理やりにくっつけたような感じだ。ニムロッドが指定した店は、太閤通口側の安い居酒屋チェーン店だった。名古屋支店のオフィスは東側で、駅から歩いて十五分はかかる。最寄りは別の地下鉄の駅だけど、そこからも七、八分かかるので、わざわざ地下鉄に乗り換えて通勤すべきかどうかは微妙なところだ。

今日は、一日中曇っていて肌寒かった。昼下がりには客先でのアポイントを二件とも終えていた。名古屋オフィスに出向くのも面倒で、太閤通口近くのデニーズにぶらりと入り、コーヒーを飲みながら、ノートPCで残務を処理する。東京で急ぎの案件はカタをつけてきたから、すぐにやるべきことは何もなかった。けれど時間つぶしと、出張先でちゃんと働いていますよ、とアピールする意図も兼ねて、簡単に対応できそうなメールを拾って、返信を作っていく。サーバーの仕様についての質問や、最低価格のプランに標準で付いてくるサービス容量の確認など、サポート担当なら誰でも答えることができる内容でも、返答のタイミングによって顧客から信頼されたり、逆にクレームを受けたりすることになる。
無心にメールの下書きを作っていると、iPhone 8のロック画面にＬＩＮＥのポップアップが表示された。

nimrod：定時にあがれそう

表示されている時刻を確認すると、17:25だった。僕は書きかけのメールを仕上げ、少し考えてから、送信は帰りの新幹線ですることにした。下書きを保存してお冷で口直しをし、席を立って会計を済ませる。外に出るとやはり寒い。僕はカバンを下に置いて腕に掛けていたコートを羽織った。空の大部分は晴れていたが、西の空にはやがて雨を降らしそうな暗い雲が重く垂れ込めている。

ニムロッドが予定通り定時で仕事を終えて来たので、僕たちは居酒屋の入り口にほぼ同時に着いた。ボックス席に通され、お互いにコートやスーツの上着を脱いで壁のハンガーに吊るす。スーツを二着しか持っていない、と東京にいた時にニムロッド本人から聞いたことがある。そのうちの一着なんだろうか。たぶん扱いが丁寧なんだろう、それにしては草臥《くたび》れていない。ずぼらな僕の場合は、日頃からスーツをメンテナンスしたり、良いタイミングでクリーニングに出したりすることがどうしてもできない。

チェーン店居酒屋の安っぽい内装を背景に彼を見ていると、過ぎた時間にふと感慨が湧いた。ニムロッドが東京にいた時、いつも行っていた店とは雰囲気がずいぶん違う。御茶ノ水駅から程よく離れていて、他の同僚とはまず鉢合わせすることのない店で、そこはニムロッドが教えてくれたのだ。地下階にある英国パブで、ＨＵＢなどよりは若干高めだけど、その分客が少なくて静かだった。店に通うようになってしばらくしてなじみになると、店員がこっそりとWi-Fiのパスワードを教えてくれた。それで、パソコンを持ち込んで飲みながら仕事をしたり、ニムロッドは小説を書いたりしていることもあった。

僕もニムロッドも仕事柄、キーボードを叩いてばかりいた。ニムロッドが小説を書いている時の叩き方は、仕事の時のそれとは微妙に違っていた。店にはインターネットから音源を拾ってくるタイプのジュークボックスがあって、そこから一番離れた小さな丸テーブルが僕たちの定位置だった。僕たちはいつも壁を背にして、百二十度くらいの角度で互いに外を向いて座った。

ニムロッドの隣でギムレットかジントニックを飲みながら、彼が小説を書いているのを静かに見守るのが僕は好きだった。店がごく静かな時は、ニムロッドの指がキーボードを叩く音がわずかに聞こえてきた。口の中で小さく文章を呟きながら叩く時もあれば、真一文字に口を結んで一心にかたかたと叩くこともあった。彼は今、仕事をしているのか、小説を書いているのか。それを勝手に予想しておいて、たまにトイレに立つふりをして答えを確かめる。そんなことを僕は密かな楽しみにしていた。

新人賞の最終選考で三度目の落選をした。もう駄目だ。同じパブで本人からそう聞いた時、僕の頭に真っ先に浮かんだのは、彼がキーボードを叩く音のことだった。気まぐれな雨みたいに、淡々とコンスタントに続き、時にぽつりぽつりとゆっくりになる。かと思うと、ぱたりと止まって、それから怒濤のように降り注ぐ。Backspaceキーを連打する時は、苛立たしげに右の薬指を使う。あの音を彼はもう鳴らさなくなってしまうのか。僕が感傷を抱くのはお門違いだったのかもしれないけど、あの夜のことを思い出すと、今でも小さな胸の痛みが蘇ってくる。

ニムロッドが鬱になって会社に来なくなり、さらに名古屋に移って東京で会うこともなくなってしまった後で、僕は再び御茶ノ水のパブに通うようになった。その店には、田久保紀子とも既に何度か行っている。田久保紀子が初めて入店した日は、自然とニムロッドの話が出た。社会人になった後でできた唯一の友達が名古屋に行ってしまった、と。彼女はわりあいに面白がってニムロッドの話を聞いていた。一緒に酒を飲みながらニムロッドが小説を書き、僕は仕事をしていたこと。映画の趣味が似ていたこと。ニムロッドの小説を読んだことはないが、そこには僕との会話がそのまま台詞に書いてあるらしいこと。それから、僕の癖、というか謎の症状について作品のモチーフにしてもよいか尋ねられたこと。

「謎の症状？」

「つまりは今みたいな感じ」

ああ、と彼女は呟き、ドライマティーニのグラスを丸テーブルに置いた。唇にカクテルが残って、少し濡れているように見える。伏し目がちの目は僕の顔、より厳密に限定していえば僕の左目を注視している。

ぽたぽたと流れる、水みたいな涙。別に悲しいわけでも、感動しているわけでもない。前に舐めてみたことがあるけど、塩気はほとんどなかった。ある日突然始まった僕のこの症状をニムロッドは相当面白がって、小説のモチーフにしたいと言っていた。本当に書いたのかどうかは知らないのだけれど。

「決まって左目なのね？　右目であることはないの？」

ニムロッドとまったく同じことを彼女が聞いた。

「いつも左。右はない」

「病院には？」

「医者にみせても多分、ストレスや何かのせいにされて、適当な薬出されるだけだよ。定型対応。サーバー周りのサポート業務でもよくある。原因追及はともかく、まずは再起動。それでだいたい直る」そう言ってから、自分で首を傾げる。まずは再起動？「比喩にしたって、何の例えにもなってないな。ひどいもんだ」

「大丈夫。夜のこんな時間に、深く考えた会話なんて期待してない。皆、忙しかった後なんだから」そう言って、グラスの縁を撫でてから、ふと思い付いたように彼女は続ける。「なんにせよ、一度は病院に行ってみた方がいいと思うけど。実際、薬で簡単に治るかもよ」

そう言われてみれば、頑なに病院に行かないのも変な話だ。なんでだっけと振り返っていると、そうだ、病院なんて行く意味ない、そう断じたのは間違いなくニムロッドだった。そもそも最初に症状に気が付いたのもニムロッドで、いつもの席で二人で飲んでいた時のことだった。片目から時々涙が流れるだけで、痛くも何ともない。ハンカチで目元を押さえるくらいでやり過ごせた。

ニムロッドが鬱病で休職したのは、それからずいぶん経ってからのことだ。だから考えたこともなかったけど、ひょっとして僕の謎の症状について語り合っていたあの時も、彼は病院に通っていたのだろうか。

＊

今日は駄目な飛行機コレクションじゃないよ。ねえ、中本さん、バベルの塔の神話は知っているよね。

すべての地は、同じことばと同じ言語を用いていた。東のほうから移動した人々は、シンアルの地の平原にいたり、そこに住みついた。そして、「さあ、れんがをつくろう。火で焼こう」と言い合った。彼らは石の代わりにれんがを、しっくいの代わりにアスファルトを用いた。そして言った、「さあ、われわれの町と塔をつくろう。塔の先が天に届くほどの。あらゆる地に散って消え去ることのないように、われわれのための名をあげよう」。主は、人の子らがつくろうとしていた町と塔と

を見ようとしてお下りになり、そして仰せられた、「なるほど、彼らは一つの民で、同じことばを話している。この業《わざ》は彼らの行いの始まりだが、おそらくこのこともやり遂げられないことはあるまい。それなら、われわれは下って、彼らのことばを乱してやろう。彼らが互いに相手のことばを理解できなくなるように」。主はそこからすべての地に人を散らされたので、彼らは町づくりをとりやめた。そのためにこの町はバベルと名づけられた。主がそこで、全地のことばを乱し、そこから人を全地に散らされたからである。

「創世の書」第11章1－9節

ひどいと思わないか。
ひどいと思わないか。

*

久々に会うニムロッドは、少し雰囲気が変わったように見えた。同じ口調、同じ声、同じ言い回し。生ビールで紅潮した頬、血走った白目。けれど、その目の奥に隠しがたい揺らぎがある。僕は、根拠のない自信に満ちあふれたニムロッドが好きだった。穿ちすぎかもしれないし、もしかすると東京にいた頃からずっと、彼はこうだったのかもしれない。御茶ノ水の薄暗いパブと、名古屋の居酒屋チェーンの照明の違いもある。

ニムロッドは、僕がビットコインを採掘していることに興味を持ったようだった。普段何もこだわりがなさそうに見えるのに、不意に牽制球を放るように、何かに関心を示す。こういうところは変わっていない。こんな場合、彼はとてもしつこい。例えば僕の涙の症状に気づいた日は、小説のモチーフにしたいと言い出して、止まるまで飽きもせず観察していた。その上、もしまた次に涙が出始めたら絶対にそれを見たい、などと言った。実際、その週の金曜に会社で仕事中に症状が出て、冗談のつもりで動画会議システムを既に帰宅していたニムロッドのPCに繋いでみたことがあった。会議室のプロジェクターの画面には、自宅で鼻を膨らませて僕を観察するニムロッドの顔が大写しになった。色味の薄い、ざらついた動画だった。逆に彼のパソコンには僕の顔が大写しになっていたはずだ。

ビットコインの採掘については、社長の反応が面白くなかったこともあり、僕も誰かに話を聞いてもらいたいところだった。売上自体はおそらく月額三十万円程度になること。電気代を差し引いても間違いなく利益が出ること。金融の仕事をしている彼女からは、ビットコインだけではなくて他の仮想通貨も掘った方がよいのではないかと指摘されたこと。

「月三十万円？」ニムロッドは、テーブルにビールのジョッキを音を立てて置き、わざとらしく目を剝いた。「それはすごい。それだけあったら、僕なら十分に生活できる」

「まあ、原価にマシンの費用を入れてはいないですけどね。電気代とかのランニングコストだけで」

ニムロッドは僕の言ったことを吟味するように顎を引き、藪睨みで目をギョロつかせた。三白眼がより一層ひどくなる。「でも、それはいつのことなんだろう？」

「いつって、何がですか？」

「採掘の量を確認したのが」

「毎朝確認してますよ」

「減っていなかった？」

「減る？」

「そう、」ニムロッドは右手を宙に浮かし、指を揃えて角度をつけ、指先からゆっくりと斜めに下降させた。「採掘の難度は日に日に上がっているらしいから、対策せずに掘り続けているだけだと、きっと減っていくはず」

実のところニムロッドに指摘されるまでもなく、なんか減ってるな、とうっすら思っていたのだ。まあ、誤差の範囲だろうと気にしないようにしていたのだけど、その割には上振れがないのが引っかかってはいた。多分、この一週間のうちにも、割合にして二〜五％程度が減っている。

「困るなぁ。このペースで減っていけば、すぐに利益なんて出なくなる」

「マシンを増強していけばいいんだろうけど、それだと余ってるリソースを現金化するという当初の目論見から外れるしね」それまでジョッキを緩く摑んだまま目を伏せていたニムロッドがぱっと顔を上げた。「だとしても、やっぱりさ、君にはビットコインを掘り続けてほしいわけですよ」

「どうしてですか？」資本主義におけるシステムサポートそのものだからだよ、――社長の言葉が脳内に蘇る。ニムロッドは僕を見つめたまま、口の端を左右に引いて笑みを浮かべる。そして、

「君がサトシ・ナカモトだからさ」といわくありげに言った。

僕と同姓同名のサトシ・ナカモト。ビットコインの創設者、謎の日本人であるとさ

れる彼の正体を誰も知らない。ビットコインに関連するサトシ・ナカモト名義の論文が、二〇〇八年頃からコミュニティサイトへ投稿されるようになった。その論文を基礎にして、二〇〇九年に最初の採掘が始まった。ビットコインに関する本を一冊でも読めば誰でも知っているはずの基本情報。

「もちろん当初は、今みたいな規模になるなんて誰も想像していなかったんだろうね」ニムロッドは続ける。「ビットコインの現在の時価総額は、軽く十兆円を超えているからね。ちょっとした国の国家予算を凌駕する金額だ。初期にほとんど一人で採掘をしていたサトシ・ナカモトは、莫大な量のビットコインを保有していることになる」

ニムロッドは首をすくめて、テーブルに置いたままの iPhone X の画面を覗き込んだ。片手の人差し指だけで操作し、顔を近づけて表示されたものを読んでいるようだった。

「サトシ・ナカモト。Wikipedia によれば、君の持っている資産は、ざっと一兆九千億だ。こんな居酒屋の会計を持つのくらい楽勝だな。店ごと買えるよ。いや、このビル丸ごとだって買える。どうも、ごちそうさま」

同じ出張とはいえ、田久保紀子と僕のだと移動する距離が違う。僕の場合は、東京―名古屋間のせいぜい350km。片や田久保紀子の成田―シンガポール間は5000kmを越える。一桁以上違う。

田久保紀子は、帰国する飛行機でも睡眠薬を使う。深夜便の機内をほとんど寝て過ごし、海外出張明けは可能であれば半休か、できれば全休を取っている。僕の名古屋出張は今回も日帰りで、最終電車に間に合うようにニムロッドと別れ、日付が変わってから自宅に着いた。彼女がシンガポールから帰ってきたのは、ちょうどその翌日のことだった。

＊

takubon：いまどこ？

早朝、かなりぶっきらぼうなLINEメッセージが届いた。僕はまだ家にいて、いつものタイムスケジュールだと朝食を作るかどうかを判断すべき頃合いだった。送り主は田久保紀子で、飛行機を降りてすぐと思《おぼ》しきタイミングで送ってきている。ポップアップ通知を見ただけなので、既読は付いていないはずだ。しかし一言きりのそのメッセージになんとなく気を取られ、朝食にいつもの目玉焼きを作るとしたらそろそろ取りかからなければならない時間を越えてしまった。あきらめて髭を剃り、歯を磨いてスーツに着替える。家を出て駅に向かう道すがら、立て続けにメッセージが届いた。

takubon：今から会えない？

takubon：だめかな？

takubon：さすがに無理かな？

最初のメッセージにもまだ既読を付けていないはずで、ただ事でない気配を感じる。電車に乗るとすぐに僕は彼女とのトークルームを開き、

satoshi：今出社中。どうしたの？

　と返した。するとすぐに、彼女は電話をかけてきた。出社中と言っているのだから、電車の中にいることぐらいわかりそうなものだ。満員に近い混み具合で、さすがに出られない。総武線の一駅区間、震えるiPhone 8を片手に今日の業務を思い浮かべる。至急やるべきこと、先延ばしにしてもよいこと。前者はざっと二件ほど、すぐに浮かんだ。けれどそれらは会社に行かなくても、社外からメールを打てば片づきそうだ。僕は意を決して人を掻き分けながら新小岩駅で降りる。iPhone 8で、田久保紀子に、

satoshi：今から向かうよ。どこにいるの？

　とメッセージを送る。それから、まずは管理部と所属部署に対して体調不良で休みをもらう旨をメールする。所属部署向けには、「本日中対応必須の件は布団の中からでもなんとか対応します」と書き加えておいた。

あれほど取り乱した様子だったのに、いざ会ってみると彼女はいたって平静に見えた。待ち合わせ場所に指定してきた成田空港のスターバックスのソファ席に収まり、何か甘そうなものを飲んでいる。さっきはどうしたの？　と聞くのも野暮な気がして、とりあえずコーヒー買ってくるよと言い残し、僕はレジカウンターに向かった。カフェミストのトールサイズを買って席に戻ると、彼女は気恥ずかし気に「ごめんね、仕事大丈夫だった？」と訊ねてくる。

「まあ、大丈夫、と言えば大丈夫」

「どれくらい大丈夫？」

「それは状況的な話？　あるいは、時間的な話？」

「時間的な話」そう言ってから、的的うるさいな、と呟いて小さく笑う。

「会社は休みにしたから、今日はずっといられるよ。何通かメールを打つけど、その程度」

「ほんと、ごめんね」

「いいよ。どうせ俺の一日に稼ぐ額なんて、紀子の三時間にも満たない」こういう台詞を気安く言える程度には気心が知れているつもりだけど、こんな風に強引に呼び出されるのは初めてだった。あまり彼女らしくない行動で、恋人としてというよりも純粋に興味が湧く。彼女の目元に涙の跡を探してみるが、特に泣いた様子はない。化粧直ししたのかもしれない。彼女の顔を見つめながら考えていると、口元が動いて何か言った。聞きとれず、聞き返す。

「そっち行っていい？　か、もしくは君がこっちに来てくれる？」

意外な発言にうまく反応できないでいると、田久保紀子は立ち上がり、僕の隣に置かれた荷物を自分が座っていたソファにどかして、僕にぴったりと身を寄せてきた。

「どうしたの？」

「どうもしない。ちょっと眠れなかっただけ」

「睡眠薬は？」

「なくしちゃったみたい」

「今日は、会社はどうするの？」

「半休のつもりだったけど、もう休もうと思って」田久保紀子は、そこで僕から少し離れて、ドリンクを一口飲んだ。「ねえ、ニムロッドの話を聞かせて。鬱病の元作家志望者。君に駄目な飛行機のメールを送り付けてくる、荷室仁さん」

「ニムロッド？　どうして？」

「あの人の話を聞いていると私、なぜか安心する」

「彼我の差を感じて悦に入る？」

彼女は、今度は僕の肩をバシッと叩く。「そうじゃなくて、そういうよくわかんない事してくる人でもちゃんと生きていけるんだって、安心するのかも。優しい世界。その住人であるニムロッドと君。多分、ニムロッドがあんな訳のわからないメールを送れるのは君だからだと思う」

「ロバの耳的扱い」

田久保紀子はふっと鼻から息をもらし、口を付けていたカップを下ろす。「君はやっぱり何にも知らないよね。ロバの耳っていうのは、王様の耳がロバの耳だったたってこと。それをただ一人知っている床屋が、秘密を守り続けるのが苦しくなって、どこかの穴だか井戸だかに叫ぶっていう話。だからそれを言うなら、耳でなくて穴ね」

彼女がニムロッドのメールを見たいとしつこく頼んでくるので、しょうがなく僕は会社から支給されているパナソニック製のLet's noteを取り出した。メーラーを立ち上げ、検索窓に「ニムロッド」と入れて表示させる。

「結構な頻度で来てるね」

田久保紀子はなぜだか嬉しそうだった。矢印キーで初めから一つ一つ読んでいき、あるメールのところで手が止まった。

「未読メールが二つある。片方は、今来たばかりみたい」

言われて画面を見ると、確かにその通りだった。二つとも、いつもの「駄目な飛行機コレクション」ではないようだ。先に来ている方は、一昨日飲んだ時のビットコイン絡みの話の続きらしく、サトシ・ナカモトがどうこうと書いてある。もう一件は、かなり長いメールだ。会社が提供するサービス仕様を詰める場合のメールでも、ここまで長文になることはない。どうも、これはニムロッドの書いた小説らしい。

＊

雲を突き破ってそびえる巨大な塔。それは子供の頃からいつも僕の頭の片隅にあった。僕は視界そのものになってそれを見ている。そこには誰もいない。人間だけじゃない、あらゆる生き物がそこにはいない。古びた憧れがそのまま化石になったみたいにそびえる荘厳な塔。その背後には遠くに海が見えて、塔の中腹には雲が漂っている。

塔の周囲には街があるけれど、既にそれも廃墟だ。かつては、人が暮らし、その多くが塔の建築に従事していた。塔を造るための材料が遠くから海を越えて運ばれてきて、それを馬に乗せ、作業場へと運んでいく。大量の特殊な砂を固めて素材となるブロックを作り、それをえっちらおっちら運び、塔を積み上げていく。人々はせっせと働きながら、つがいとなって、子を作る。人々の人生そのものを編み込みながら、塔は上へ上へと伸びていく。そんな塔のイメージ。

「さあ、れんがをつくろう。火で焼こう」と言い合った。彼らは石の代わりにれんがを、しっくいの代わりにアスファルトを用いた。そして言った、「さあ、われわれの町と塔をつくろう。塔の先が天に届くほどの。あらゆる地に散って消え去ることのないように、われわれのための名をあげよう」

言葉が乱される前の人々は高い高い塔を造ろうとした。けれど、言葉をバラバラにされた我々は、塔の建造を進められなくなって結局はそれを放置することになった。

これは古い神話だ。多くの画家がそのエピソードに触発されたたくさんの絵を残している。二人入るともう窮屈になりそうな細長い塔、要塞のような堅牢な塔、螺旋状に空をめがけて昇っていく塔。時代が下るにつれ、螺旋状の塔が描かれることが増えていく。絵の技術も上がって、実際にこんな風だったと思えるような写実的な絵になる。

僕の空想の塔はどんどん細部が明瞭になっていった。地面に根をはるようにしっかりした土台。下層の方は窓もなく城壁のようにどっしりとした造り。他の建物の高さをゆうに超える高さになって、でもまだ半分とも言えないあたりで、ようやく窓を設ける。階は螺旋状に重なっていく。ぐるぐるととぐろを巻くように上に向かう。雲を突き破り、鳥さえも寄せつけない高さでもまだその先端にはほど遠い。見る者に沈黙を強いるその佇まい。

僕は、なんとしてもその、何よりも高い塔を手に入れなければならない。

＊

「優しい世界。世界はどんどん優しくなっていく。差別も減っていく。出自の差だって、能力差だって、そのうちにたいした意味を持たなくなる。どんな人も、それはそれでありじゃない？　と優しく認められる」

空港での挙動不審が嘘みたいに、ヒルトン成田の暗い部屋の中で田久保紀子は堂々としている。仮想通貨——ではなくて株式、つまりは会社の価値を売り買いする利ザヤで稼いだ金で、自分のいる場所と時間を買う。僕は買われたわけではないけれど、おそらくは彼女が買ったものの付属物みたいなものだ。

「もし今思っていることが全部叶うのだとしたら、こんなに悲しいことはないのかなと思う。いや悲しくはないのかな。むしろ嬉しいのかな。これ以上もう年を取りたくないし、働きたくもない。死んでしまいたくはないし、生きていきたくもない。たまに消えてしまいたくなるけど、同じくらいたまに刺激が欲しい。そんななんやかやがいつか叶うとして、」

「夢みたいだね」

「その夢みたいなことがいつか叶うとして、それが幸福なのかどうか私にはわからない。年を取るのも悪くないとか言いながら、自然に朽ちていく。そんな、今の現実のありようを事後肯定するものばかりがあふれてて」うまく言えないけど、そう田久保紀子は言い添えて、静かに目を瞑る。そしてＮＩＰＴについて考える。シンガポールから成田行きの飛行機に乗る際、搭乗手続きの最中ポケットの中にいつものお守りがないことに気づいた。眠れなかったらどうしよう、彼女はそう思ったが、十分に疲れていたし、多分飛行機が安定すればじきに睡魔が襲ってくれるだろう。そして目が覚めればもう成田だ。ハードな日程だった。機内で寝られるかどうかを心配するのではなくて、眠気で機内に辿り着けるかどうかをむしろ心配した。大丈夫、きっとすぐに眠れる。それに眠れなかったとして、千葉まではたかだか七時間程度。映画三本見ているうちに着いてしまう。

田久保紀子は自分の過剰な心配を滑稽に感じる。馬鹿馬鹿しい、何を怖がってる？　気を散らそうとしても、意識の隅に何かが引っかかっている。

いやな予感は的中する。あれだけ眠たかったというのに、飛行機の搭乗口をくぐった時から、目がさえて眠気など消し飛んでしまった。彼女の頭を占めるのは、染色体が一本多い、自分のお腹の中にいた子供のことだった。いや、子供とも呼べない、あの段階だとただの細胞と呼んだ方がいい。田久保紀子はひどく眠かったはずなのに、もうまったく眠くない。

「どうしたの？」現実の田久保紀子が聞く。ベッドサイドのランプに照らされて頬が浮かび上がっている。

「いや、ちょっと君のことを考えてて」

「ここにいるのに？」田久保紀子は笑う。

「へんだよね」

「へんだよ」田久保紀子は体を転がして、僕にくっついた。「でも、今日はありがとね。もう大丈夫？」

そう言って田久保紀子はバスローブの裾から手を入れ、僕の性器を撫でる。

＊

ニムロッドの言った通り、ビットコインの採掘ペースは日に日に落ちていった。この調子でいけば、あと三ヵ月もしないうちに月産十万円を割り込んでしまいそうだ。それだと稼働分の電気代を賄って終わりだ。

一方、というのもおこがましいが、僕と同姓同名の、ビットコインの創設者サトシ・ナカモトは、一兆円を超える資産を有している。その資産は、彼が発案したアイデアに人々の欲望が向かったからできあがったものだ。何もないところからこの世に価値を引っ張りだして、その一部を所有した、僕と同じ名前の、顔のない男。いや、男性かどうかもわからない。

社長に採掘量の目減りをメールで報告し、ビットコイン採掘に充てるサーバー補充の要請をしたが、明確に断わられた。

「今あるリソースでビットコインの採掘をし続けてください。あまったマシンでないと意味がないからね。いずれにしろ、課はなくさないつもりですが 笑」

そのメールに再度返信して、僕にビットコインを掘らせることにしたのはこの名前のせいですか、と聞いてみようかとも思ったけど、やめておいた。またいずれ、夏の終わりにでも飲みに誘われた時に話せばいいような与太話だ。

「誰かが採掘を続けなければ、サトシ・ナカモトの資産価値を維持することができない」

名古屋の居酒屋で酒に酔ったニムロッドが焦点の合わない目で言った言葉が蘇る。

「でも通貨なんてもとをただせば、それぞれの国が勝手に価値があるって言い張っているだけだから。ねえ、中本さん、知ってるかな？ アフリカの原始的な社会では武器がお金として流通していたことがあるんだ。ナイフとか、なたとかね」

知らなかった、と僕は答えたはずだ。いや、あるいは僕が答えないうちにニムロッドが言い募ったのかもしれない。その辺の記憶はあいまいだが、彼が続けて言ったことは妙に克明に覚えている。

「そんなもの認めないって抗弁できないのは、結局のところ軍事力があるからってだけの話なのは今も変わらないよ。それに比べるとさ、取引履歴を記載し続けて、価値があるって言い続けるなんて、ずいぶん紳士的だと思わないか？　ドルは紙切れとコイン、それから武器でできている。仮想通貨はソースコードと哲学でできている」酩酊した記憶と相まって、ニムロッドの言葉が雪崩を打って浮かんでくる。「きっとさ、君本人でなくても誰かがビットコインの採掘を続けるよ。世界中で、無数のコンピューターが、君のロジックに則《のっと》って稼働しているのは何も資産が欲しいからだけじゃない。社長の言う通り、一種のシステムサポートなんだ。あの社長もたまにはまともなことを言うんだな。コンピューターに電力を送り続け、帳簿を書き続けることで、ビットコインの存在が証明される。書いているのは単なる取引履歴だけど、実際にそれで価値が生み出され、日本円やドルにもなる。つまり、資金となって人や世の中を動かすことができる。僕は思うんだが、それって小説みたいじゃないか。僕たちがここにこうして、ちゃんと存在することを担保するために我々は言葉の並べ替えを続ける。意識や思考もまた脳を駆け巡る電波信号に過ぎず、通り過ぎてしまえばそれがあったこと自体が夢か幻みたいだ。世界中にいる無数の名無したちの手が伸びてくるから成り立っている。その手がなくなってしまえば、君が掘り出した大切な変則Bは君の手元から真っ逆さまに、どこまでも下に落ちていく――」

かたかたかたと、キーボードの音が世界中に響いている。世界中のプログラマーが正しいコードを求めてキーボードを叩く。ずっとそれについて計算させておけばよい、完全なプログラムを作り出そうとしているのだ。あらゆるマシンのリソースをすべて注ぎ込んで、それを稼働させているだけで、人類の価値が担保され得る。ただそのプログラムをどれだけ効率的に稼働させるのか、人間はおおむねそれだけを考えればよい。後のことは、誰かがやってくれる。人間は人間にできることだけに集中すればいい。例えば、塔を造ることとか。

＊

螺旋状に組みあがった塔の建設にみな夢中になっている。建設中のその塔は、かつてこの街にあった東京スカイツリーよりも既にはるかに高い。

東京スカイツリーの高さである六百三十四メートルは、建設当時「武蔵」の語呂合わせと説明された。しかしそれはこじつけであって、要はできるだけ長きにわたり世界一の高さを誇る自立塔にしたいという欲望が施工主側にあり、どの程度の高さにするかの落としどころとして、関東平野を意味する「武蔵野」という言葉が担ぎ出されたのだ。

実際に東京スカイツリーに登ってみると関東平野を一望することができた。東京都心の方角にはビルが立ち並び、太平洋までを見はるかすことができ、北に目をやると、地平線までビルや民家が続く。都市人口の算出法は幾種類もあるが、主要なすべての方式で東京が一位だった。二位については、例えばインドのデリーであったり、アメリカのニューヨークであったりもして、算出方法のバリエーションの豊かさを偲《しの》ばせもするが、東京がダントツであったことは変わらない。

約三千六百万人。どんな算出方法で割り出しても都市圏人口が三千万人を下ることはない。三千六百万人がひしめきあって暮らすこの街を、東京スカイツリーの上から眺めた時、巨大な一体の生き物と向かい合ったような戦慄を覚えた。想像もできない多さの人間たちが一つの都市に暮らし、日常生活では処理しきれず、行き場を失った無数の欲望が噴き出すようにして、街の真ん中に巨大な塔が建っている。

だが、三千六百万人はあくまで東京だけの話に過ぎない。東京スカイツリーが建てられた当時、地球全体にはその約二百倍の人間がいたのだ。現在の世界一はかつてのアラブ首長国連邦に建つ、ブルジュ・ハリファの八百二十八メートルだ。東京スカイツリーは電波塔であるため、中に居住空間は設けられていなかったが、ブルジュ・ハリファは中に住むことができる。それらの塔は、見上げれば畏怖の感情が自然と湧き起こるほどに高い。だがもちろん、僕の塔はもっとずっと高くなければならない。そして僕の塔である以上、僕の思うところに建てなければならない。それをなし得る下地は気が付けば整っていた。

一つには地球の人口が、ブルジュ・ハリファの建った頃よりもはるかに増えている事実がある。僕の持論だが、人類の建て得る塔の高さは地球上の人口に比例する。人口を支えるだけの技術革新が、そのまま高くそびえる塔を支えるのだ。地球人口が百二十億人を超えたあたりから、先進国に限らずどの国でも出生率は目に見えて低下してはいる。だが、生物の寿命を司るシステムが解明された結果、富裕層では《寿命の廃止》技術を自身に施すものが増え、ここ最近では減少分と増加分の調和がとれている。《寿命の廃止》を受けた人々は、自虐の気持ちがあるのだろう、自分たちを「最後の人間」と呼んでいるそうだ。

もう一つには、情報技術の発展という要素があった。これは、その塔を僕の塔にするための要素だ。塔は世界の中心に建つものだ。何らかの視点によって切り取られた、限定的な世界の中心に塔は建つ。あらゆるものを情報化してきた社会において、中心か否かに地理上の位置は関係ない。情報として、すべてのものが並列に並ぶ中で、それでもそれを選ぶのだという執着心が情報的重力を生む。「最後の人間」の割合が増えるほどに、執着心が薄まっていく社会の中では、誰より強く何かを求め、執着できるかどうかが肝要なのだ。その感情の理由は誰にも共感されないものであればあるほど良い。なぜなら、理由のある感情はたちどころに解析されて、その他の情報と並列されてしまうからだ。まるでスーパーマーケットに整然と並ぶ、パッケージされた商品みたいに。

僕は誰よりも僕の塔に執着できている。

だからこそ、塔の建築を指揮する僕はこう名乗る資格がある。

僕はニムロッド、人間の王。

*

「世界は、どんどんシステマティックになっていくようね。システムを回すための決まりごと《コード》があって、それに適合した生き方をする、というかせざるを得ない。どんな人でも、そのコードを犯さない限りは、多様性《ダイバーシティ》は大事だからと優しく認めてもらえる。それで、コードを犯せば、足切りにあって締め出される。収入が足りないとか、TOEICの点数が足りないとか。例えばシンガポールではね、月収や学歴が基準を満たしていないと、就労ビザが下りない。能力が足りない人をそもそも締め出している。国家ぐるみで。たかだか人口六百万に満たない都市国家の話だからいいかもしれないけど、世界全体がそんな風に締め出しを始めたら、行く場所がなくなる人が続出するかもしれない」

毛布から顔だけを出している田久保紀子はそこまで言って、ちらりと僕を見る。部屋はやけに広いジュニアスイートだった。部屋の片隅に開いたままキャリーバッグが転がっている。

「元ダンナも、移った先の会社で今ピンチらしいの。うちの業界は成績に厳密だから、けっこう簡単に解雇されたりするから」

「よく連絡取り合ってるの？」

彼女は、首から上だけこちらに向けて、小さく頭を振った。「ううん、全然。狭い業界だから、噂をちらほら聞きはするけど。実績が出ないとプロジェクトのチームに入れてもらえなくなって、仕事がなくなる。そしたら、退場するしかなくなる」

「ちょっといい気味だ、とか思ってる？」

僕がそう言うと、彼女は目を丸くした。「全然。そんなこと思わないわよ。私はただ、足切りの話をしようとしてただけ」

自分自身が足切りにあうことを懸念しているわけではなさそうだ。こないだは、「優しい世界」の話をしていたはずなのに、今日は全然優しくない話をしている。

また彼女の出張帰りを出迎える形で、ヒルトン成田に来ている。今回は機内で眠れたはずなのに、どこか落ち着きがない。彼女はまたニムロッドのメールを見たがった。僕はリクエストに応えて、ベッドから起き上がり、ノートPCを持ってきて渡すと、彼女はデスクの前に座り、電源に繋いで操作し始める。机の上には色とりどりの化粧品類の瓶が置かれている。背もたれにかかる長い髪に何となく見とれていると、彼女は僕に背を向けたまま話しかけてきた。

「ねえ、君ってさ、もともと、こういうのを読むのが好きな人なんだっけ?」

「いや、そうでもない。駄目な飛行機シリーズは、ネタとしてはちょっと面白いけどね。まあ、執筆を無事に再開できたみたいでよかった。ロバの耳、ではなくて穴も多少は役に立ってるのかも」

ニムロッドが書いた小説は、純文学の新人賞の最終候補に三度残って、結果としてはすべて落ちた。いい線までいったのだから続ければいい。端から見ればそう思うが、本人の中ではもう終わったことなんだろう。

　これから書くものは賞に応募しない。誰かに読ませようと思って書かない。名古屋で会った時、ニムロッドはそう言っていた。一つの小説が世の中に存在するためだけに行われる、シンプルな行為。今はそういうことにしか興味を持てない心境なのだ、と。その文章が評価を受けて「芸術としての価値」を纏《まと》うことも、誰かを感動させて「読者の魂を救う」ことも、そうした可能性は予め捨て去られている。ただそこにごろりと文章がある。サリンジャーだよ、とニムロッドは僕の疑念を断ち切るように言った。

「サリンジャー？」あの時、僕は鸚鵡《おうむ》返しでニムロッドに聞いた。

「知らない？　まあ、中本さんだもの、当然知らないよな。『ナイン・ストーリーズ』、『フラニーとゾーイー』」

「私、あんまり小説って読まないから。ノンフィクションや伝記は読むんだけど。サリンジャーって、どこの作家だっけ？」

　彼女は回転椅子をくるりとこちらに向け、脚を組んだ。片方の膝から下がバスローブから覗いている。

「アメリカ人。寡作のまま亡くなった伝説の作家らしい。発表した作品はどれも評判を呼んだけど、ある時を境に、原稿を誰にも見せなくなった。書いた先から金庫にしまったらしい。ニムロッドが言っていた」

　でも、二十七歳で死んだわけじゃない。九十歳を超えるまで生きていた。そもそも、有名な『ライ麦畑でつかまえて』を書いたのも三十歳になってからのことらしい。ミュージシャンと小説家の適齢期には違いがあるのだろうか？

「なんでそんなこと？」

「そんなこと？」とまた聞き返しながら、ああ、サリンジャーの金庫のことか、と思い当たる。見聞きした情報がごた混ぜになって浮かんでくる。なんでもWikipediaで調べるのが癖になっているのがよくないのかもしれない。どのみちそこにたいていのことは書いてあるんだから、わざわざ僕の脳内に残しておく必要はないだろうと思ってしまう。27クラブのことも、サリンジャーの作品や人間性も、Wikipediaにしっかり書かれてあって、誰かが覚えてくれている。だから、僕はそれ以外の、例えば田久保紀子が抱いている心情や、ニムロッドが小説を書く動機なんかを考えることに脳を使うべきなんだろう。——才能がない？　才能が足りない？　努力が足りない？　そうかもしれない。でも僕は僕なりに精一杯やったんだ。わかりやすい不幸があればまだいい。だが、僕にはそんなものも与えられていなかった。僕にできるのは、ただ敗北を認めることだけだ。

　耳元で囁かれるように、声がした。それはいつかニムロッドが言ったことだ。いや、メールで書いてよこしたのかもしれない。あるいはニムロッドの小説内で出てきた一節であるような気もする。そのくらい、僕の——と限定する必要もないかもしれないけど、とにかく記憶というものはあいまいで、実際のところこうだったという実感は、振り返るごとに変わってしまう。

「ニムロッド」彼女の唇が動く。それは薄くきれいに横に広がり、少し前に突き出ている。「作家になれなくて、ニムロッド、可哀そう。才能はあったの？」

「わかんない」実際のところ素人である僕にはわからない。「ただ、俺にはあんなもの書けない。すごいと思う。でも、それでもデビューできないというんであればきっと、上には上がいるんだろうね」

　僕も彼女も会話の続きを見失い、部屋にはしばらく沈黙が流れた。

　突然彼女が倒れ込むようにして僕に抱きついてきた。お互いのバスローブがはだけ、肌に擦れる。彼女の体のこわばりに何か悲劇的な気配を覚え、それが彼女の望みだったかどうかはわからないけれど、どうしたの？　と小さな子供にするように言って頭に手を添えた。腰に回した彼女の腕の力が少し強くなる。バスローブの硬さとその下の柔らかさを同時に腕に感じながら、田久保紀子を抱えていると、その背後の窓からはゆっくりと降りてくる飛行機が見えた。

分厚いガラスすらこえて、微かにエンジン音が響く。

＊

駄目な飛行機コレクション　No.9

航空特攻兵器　桜花

パイロットが生還できないように設計された飛行機。兵器としてみれば高性能の誘導ミサイル。

ナカモトさん、お疲れ様。今回のやつを「駄目な飛行機」として紹介するのは、少し怯《ひる》みそうになる。だが、僕は興味を覚えてしまったんだ。だから書かざるを得ない。そこはフェアにいかないとね。太平洋戦争中に、日本海軍が開発した特攻兵器。乗員一名で、脱出装置はない。日本人も、軍用機には「月光」や「雷電」などと様々な名づけをしているものだ。だけど、「桜花」っていうのは、ちょっとね。狙いが見え見えすぎるよな。

さて、「桜花」の駄目なところは実にはっきりしている。パイロットが生還できないように設計されていることだ。飛び立ったが最後、帰ってくることはない。目標に体当たりをして散るしかない。仮に何とか海面に不時着したとしても、洋上ではどうしようもないしね。

飛行機の開発にはさ、どこまでも遠くまで飛び続ける、あるいは天高く飛び立つ、そんな人類の進歩を目指す心意気があると思わないかい。だから、結果的に墜落するのだとしても、それは人類の発展に寄与する種類の失敗だ。でも、「桜花」の場合はどうだろう？　自爆装置として造られている以上、他の飛行機とはベクトルからして違った、独特の駄目さがあるよね。

「桜花」は果たして人類の発展に寄与しているのか？　僕がそんな風に疑うのは、それが殺人の兵器であるためじゃないよ。仮に、より多くの人間を殺《あや》めるための飛行機を開発するのだとして、そこには何らかの進歩が見られる可能性がある。より大きな動力で、たくさんのものを運べるようになるかもしれない。飢えた子供たちに、どこかで余りまくっている食糧を届けられるかもしれない。実際、戦争が技術革新のきっかけになることは歴史が証明している。

だが、自爆飛行機ってどうなのだろう？　確実に自爆できるように、そして引き返せないようにしたとして、そこに何らかの進歩があるのかな？　ねえ、ナカモトさん、ナカモトさんはどう思う？

ニムロッド

*

飛行機なんて落ちちゃえばいいのにと思った、彼女は天井に向かって言う。天井は真っ白で、つなぎ目が段になっている。僕はなぜだか彼女の方を見ることができなかった。きっと今、彼女は前回の出張で眠れなかった飛行機の中でのことを思い出している。シンガポールから帰ってくる便の中、彼女は焦っている。薬を忘れたことに対しての焦りを覚えまいと、その事実から目を逸らそうとしていたが、見たくないものから目を背けることができない。忘れようとすればするほど、そのことが頭の真ん中に居座り、他が後退していく。

どうして、忘れてしまったのだろう？　どこでなくなったのだろう？　彼女は自身の記憶の細部を追って、気を紛らわそうとする。宿泊したのはアシスタントが用意したホテルだった。働き始めた時は出張の度にはりきって予算の範囲内で取れるホテルを選んでいたが、それも一時のこと、四度目の出張からは好みだけ伝えてアシスタントに取ってもらった。完全に信用して、トリップアドバイザーなんかのホテルレビューサイトにも目を通さずに、宿泊した。嫌な思いをしたことは一度もない。回を重ねるごとに取るホテルの優先順位は決まってくるが、「少し気分を変えたい」とメールの文末に書き添えると、それもうまく対応してくれる。百点満点とはいかないが、八十点を下回ることはない。人の行動に点数をつけるなんて悪趣味だから口には出さないが、それが彼女の率直な感想だった。

前回の出張はまさに「少し気分を変えたいな。久しぶりに高層階がいいかも」とリクエストした回だった。三回連続して、彼女は中央部からは少し外れた、同じホテルに泊まっていた。こぢんまりとした四階建ての、ヨーロッパ調のホテル。シンガポール支社のある駅から、地下鉄で北に十五分ほど行ったところ。ビジネスで訪れた人がわざわざそんなところに泊まるのは珍しい。彼女は同じホテルの、可能ならば同じ部屋に泊まることを好んだ。赤い張り出し屋根の一階、フレンチレストランをぐるりと回ってロビーに入ると、制服を着たホテルマンが迎えてくれる。彼女のことを認識しているのかどうかは微妙なところだ。チェックインを済ませて、最上階の角部屋に入る。クローゼットにキャリーバッグを置き、ジャケットはすぐにハンガーにかける。それからはもうジャケットを着ることはない。食事は一階のレストランでとり、外出もしない、その移動の間は途切れることなく暖房が体を温めてくれることを知っているから。

けれど、久しぶりに都心のホテルの四十階に泊まった彼女は夜寝つけなくて、最上階にあるバーにドライマティーニを飲みにいった。建付けはいつものホテルよりずいぶんしっかりしていたはずなのに、信用できない気がして、ジャケットを着て行った。久しぶりの高層ホテル。シンガポールの夜景を見ながら飲んでいると気分が高揚し、二杯、三杯と飲み進めてしまった。想定では調整が難しいとされていた案件が、案外とすんなり収まったことも彼女の気分を高揚させていた。「私、すげー」彼女は日本語で言って杯を重ねた。その時に、睡眠薬の錠剤を包んだアルミ箔とプラスチックのとがった感触を、ジャケットのポケットに手をつっこんで味わっていた記憶が確かにある。それはお守りがあることを確かめるためにする彼女の癖だ。

そこまで思い出し、彼女の背中にぞくりと悪寒が走った。多分あの時だ、酔っぱらっていた私が、お守りを確かめたくて触り続けていたあの時、何かの弾みでジャケットのポケットから飛び出してしまったのだろう。あのバー。小さいものだからもしかしたら掃除の網からも零れて、まだあの灰色の、岩の素材感がそのまま生かされたごつごつした床のどこかに落ちているかもしれない。二粒の白い錠剤——

*

克服可能なトラウマを抱えた、けれど本質的な強度を備えた女性。田久保紀子。不器用で貧乏であるために、世の中に振り回されて日常生活の些細な達成に喜びを見出すしかない人々とは一線を引いている。でも無神経ではない。

もし僕がいつか結婚することがあるなら、田久保紀子か、そうでなければ田久保紀子に似た、どこか面倒な女とするような気がする。僕は無責任に、「大丈夫だよ」と言って彼女の頭を撫でながら、そんなことを考える。

僕はニムロッド、人間の王。

僕は塔の最上階で、これまでの人類が残した最も優れたデザインのソファに座り、外を眺めながら客を待つ。この塔の外観は、ブリューゲルの塔の絵を参考にして造った。土色のコンクリートブロックが、螺旋状にくみ上げられた古代神話めいた外観だが、その内実は人類の建築技術の粋をこらしたものだ。最上階の居住スペースにはもちろん空調設備もあるし、ガラスだって張ってある。とてもとても高いから、ずっと遠くまで見通せる。地球の丸みさえ見て取れる。

僕は塔を手に入れたのだ。何よりも高い、僕の塔。高い買い物だったが、僕に買えないものなどこの世には存在しない。いや、僕に買えないならば、他の誰にも買えないと言った方が正しい。そのくらいに僕の資産額は大きいのだ。僕は塔を造るため、まずは資産を増やそうとし、それに成功した。

塔を造りそれを所有しても僕の資産はまだまだ余っている。ずっと欲しかったものが手に入ってしまったなら、次に何を買えばいいのだろう？　塔を手に入れてからは、本当にそれがわからなくなった。以前、一世を風靡《ふうび》したテレビタレントが、地下の駐車場にフェラーリを集めているのを映像資料で見たことがある。欲しいものを集めきった後で、彼がさらに何を欲しがったのか、欲しがることができたのかはわからない。しかし、僕に関して言えば、買いたいものは既に見つかっている。

月のない夜、客人はいつも通り、十八時きっかりにやって来る。僕の待っていた客にとって、僕こそが客であり、それも最上の顧客であることは間違いない。なにせ僕は欲しいものを手に入れるのに、文字通り金に糸目を付けないし、その必要もないからだ。

エレベーターの大きな扉が開くと客人はうやうやしく一礼し、部屋に入ってくる。商談の昂ぶりを最大化するために、戦車でも運べるほどの巨大で頑丈なエレベーターを商談用に特別に設《しつら》えさせていた。

客人が出てくると、エレベーターの中には緑色のカバーをかぶせられた巨大な物体が残った。いつものようにその物体は台車に載せられていて、客の部下たちがエレベーターから直接繋がる部屋の中へと運んでくる。

「待たせたね。ニムロッド。こちらが本日の品物だよ」最後の商人を名乗る、ソレルド・ヤッキ・ボーが笑みを浮かべながら言う。

僕も彼に笑いかけるが、それよりも台車に載った今日の商品が気になってしょうがない。ソファに座ったまま僕はそれを観察する。「大きさは前のと同じくらいかな。

大きすぎも、小さすぎもしない。カバーを外してみないことには詳細はわからないが、ちょうどいい大きさに思えるね」

「確かに大きさには問題がない」

「ならば一体何がどう駄目なんだい？」

僕が興味を抑えきれずにそう単刀直入に聞いてしまうと、ソレルド・ヤッキ・ボーは、おや、とばかりに眉を吊り上げる。

「気が早いな、ニムロッド。これまでだって君は散々駄目な飛行機を目にしてきたはずじゃないか。この塔の屋上にある、君が大量の金をばらまいて集めた駄目な飛行機コレクション。あれだけのものを集めたところでまだ、その衝動をおさえることができないというんだね。でもまあ、そんなに焦る必要はないさ。少なくともこの商談の間は、ここに持ってきた駄目な飛行機は誰のものでもない。君のものでもない代わりに、他の誰かのものでもない。ゆっくりと説明を聞いて、その上で買うか買わないかを決めればいいさ」

最後の商人はもったいぶるように言う。でもこれはいつものことだ。そしてこんな前口上が、これから説明されるはずの「駄目な飛行機」への期待をいやが上にも高めるのだ。

田久保紀子の唇がさっきから数回、何かを言いかけて震えた。けれど結局、言い出さずに引っ込めてしまう。その代わりみたいに、

「そういえば、ビットコイン、順調に掘れてるの？」

と僕に話を振ってくる。ビットコインの採掘状況はまるで天気の話題みたいに、挨拶じみてきている。たぶん、さっき彼女が言おうとしていたことは、ビットコインとは全然違うことだろうと僕は思う。確証は、何もないのだけれど。

彼女はここ最近ずっと仕事が忙しいらしく、なかなか会えなかった。国内有数の企業が自分とほぼ同規模の企業の買収を計画していて、その仕事が山場なのだそうだ。買収が成功すると、世界で二番目の売り上げ規模になるらしい。興味本位で業種を訊ねてみたのだけど、発表前だと言って頑なに教えてくれなかった。恋人や家族に業務上の機密を漏らし、痛い目にあった同僚が過去にいたらしい。

普段通りに会社を定時で上がった僕は、地下鉄で彼女のオフィスが入っているビルへ向かい、地下一階の喫茶店で彼女と落ち合った。ちょっと会いたいんだけど、と彼

女が昼過ぎにＬＩＮＥメッセージで送ってきた要望に応えてのことだった。彼女のオフィスのあるビルは地下一階と地上一階の両方がエントランスになっていて、床全体が外階段となり、地下階へと沈んでいくような造りになっている。地下のエントランスにある喫茶店へはその外階段を下りれば直接アクセスできる。

夕方の六時にもなっていない今は、まだ赤らんだ日の光が残っていて、建物内の白熱灯と干渉しあっている。いや違うな、白熱灯なんてもう使ってない、きっとあれはＬＥＤだ。僕は、田久保紀子の白いブラウスを染める不安定にオレンジがかった光を眺めながら、

「順調に減っていきはしてる。掘り続けてはいるんだけどね」

「ちっちゃいツルハシをもって、コンピューターの中の人がかたかた動いてビットコインを採掘してるのね」

「いや、プロセッサが、帳簿の書き込みを演算処理しているだけだよ」

「いいじゃない、別に、どういう風に想像したって。どうせもうほとんどの人はこの世界がどうやって運営されているのかなんて、知らないし興味だってないんだから。誰かとても頭の良い人が仕組みを作ってくれて、それにのっかっていればいいんだっていうのが経験則。それ以上のことを考えるのには一つ一つのパーツが難しくなりす

ぎてる。どんどん岩が重くなっていって、それを一ミリでも前に進めることができるのは、ほんの一握りの人だけ。それだって、どこかむなしさの中でやっているように見える」

「何の話？」

「わかんない。世界の話？　空気の話？　そういうものに鈍感になっていって、『自然』に従いつつ、そこに滋味みたいなものを見出すのが大人になるってことなのかもしれないけど、それって現状の肯定に過ぎないような気がする。最先端のことを研究している人も、これ以上進んでいいのかどうか、首を傾げながらやっているんじゃないかな。何と言うか、全体的な不快感だけが漂っている」

僕は何を言えばいいかわからず、ただ彼女の豊かな胸を服の上から見ていた。その下のなめらかな白い肌を思い浮かべる。彼女と付き合う前に二十代の女性と付き合っていたけど、それよりもはりがなくて、その分柔らかくて、肌理《きめ》は細かい。年齢差と個人差。付き合った人数を数えるような歳でもないけれど、彼女たちの肌は確実に僕に喜びを与えてくれたが、果たして僕は彼女らに何らかの見返りを与えることができていたのだろうか。動物的な、根源的な自然に則した何か。そんなことを考えるのはきっと「自然」という言葉に反応したからだ。意思とはまた別に抗い難い流れがあって、人間の意思でやったとされることも、人間も所詮は自然の一部だから、より大きな枠組みでは、やはりそれに従っているだけなのか。

「ごめんね。なんだか変な話」

「いいよ、別に。言いたいことを言えばいいじゃん。恋人といるなんて、半分ぐらいはそのためなんだし」面倒なことも多いのに、と心の中で付け加えたが、それは言わなかった。それに、彼女の中2病的な心情吐露を僕は好ましく思っていた。思い返してみれば、以前から何か言いかけて、でも戸惑って唇が震えるだけに終わることがよくあった。例えば北朝鮮の核実験が成功したネットニュース、それを受けてアメリカの白髪の大統領が核の使用も辞さないことを暗に示した発言のネットニュース。あるいは、iPS細胞を使った移植手術が成功したネットニュース。最適な形状に収斂しつつある最新型スマートフォン発表のネットニュース。そういうのを見ながら確かに彼女は何かを言おうとした。もっと日常的なこと、例えば職場でのストレスや、これまでの異性関係、家族のこと、そういったものを話すことの方が現実に即して、真実味があって、ニュースで起こっている動きは自分には関与しようのない、興味をもってその渦中にいるかのように話すのは、薄ら寒いこと。終わらない日常に耐えるのが、現代人として正しい生き方であり、態度である。それがなんとなくコンセンサスだったような気がするが、それがそうでもなくなってきたように感じる。そういった大きなものの渦中に確かに僕たちはダイレクトに含まれていて、当事者として語らなければならないような気がしてきている。二〇一一年の東日本大震災以降だろうか、いやもっと大きな流れ、インターネットの発展とかもあるだろうか、こんな風に今考えてることを、ワードかなんかで文字にして、Ctrl＋C《コピー》＆Ctrl＋V《ペースト》でインターネットのどこかに貼り付ければこの思考すらすぐに、世界中で共有が可能になる。僕の思考なんて誰も興味ないかもしれないけど、わずかな現象が静かに連鎖していって、大きな変調を起こすことだってあるかもしれない。僕の思考を見た人が、かすかな影響を受けて書いたものに影響を受けて書いたものを見てその人が――つまりは、バタフライ効果。

　片手で操作するiPhone 8にYahoo!のトップニュースが表示されている。世界の不幸は誰かのせいではなくて、わずかなりとも確かに僕のせいなのだ。別のニュースではイスラム国で少女が売られていると伝えてくる。金額は若ければ若いほど高いが、それでも五歳未満で五万円だから僕の給料でも何人か買える。それから、ビットコインの価格上昇のニュース。「暴騰か、妥当な上昇か」。また金額が上がったのであれば、毎日の採掘金額が電気代を下回るのも少し後ろ倒しになるだろう。でも価格が上がると採掘に参加する人が増えて、一日の採掘量が減っていく——かたかたかた……

赤い唇が、また目の前で震える。彼女の唇はさっきまでみたいに閉じず、そのまま一呼吸してから、

「そう言えばニムロッドは元気なの？」

と訊ねた。

ニムロッド？

*

ニムロッドは名古屋で、僕は東京でコンピューターたちの業務サポートをし続ける。ニムロッドからの駄目な飛行機コレクションは、特攻隊専用機「桜花」で止まっているけれど、その代わりみたいに小説が送られてくる。

僕はサーバールームにいて、ビットコイン採掘用のマシンのモニターを見ている。世界中のコンピューターが、サトシ・ナカモトが始めた採掘を続けている。サトシ・

ナカモト、謎の日本人。いや、日本名なだけで日本人ではなさそうだ。あるオーストラリア人男性が、自分がサトシ・ナカモトであると名乗り出たこともあった。サトシ・ナカモト本人しか知り得ないはずの暗号を使ってみせたものだから、おそらく嘘ではないとされたものの、今でも信じる人と信じない人が半々くらいの宙ぶらりんな状態が続いている。サトシ・ナカモトを始めたのは彼だとして、けれど今や、ビットコインはコードとなって世界の隅々まで根を張っている。現実のオーストラリア人男性は、創設者としてのアイコンを担いきれていない。彼は、サトシ・ナカモトとして人生で最大の仕事をしておきながら、サトシ・ナカモト性をはぎ取られてしまった。全額売却してさっぱり忘れてしまうこともできない。保有額が莫大すぎて、価格への影響が大きすぎる。その手に兆単位の価値を手にしつつそれを手放せない彼は、哀れな生きた供物のようなものだ。もしそういうことになりたくなければ、彼はそんな名前を使わずに本名で始めるべきだったし、ビットコインの最小単位をsatoshiなんかにすべきではなかった。

サトシ、サトシ、こないだのセックスの最中、田久保紀子が僕を呼ぶたびに僕の頭にはビットコインが浮かんだ。1satoshiは、ビットコイン0・00000001枚分の価値がある。僕は毎日何万もの satoshi を掘り出している。なんだか自分自身が無から湧いて出てくるようで、そういえば僕はどんなふうにこの世界に出てきたんだっけ？　もちろん両親の性行為によって、卵子と精子が結合し、母の胎内で約十ヵ月過ごしてから出てきたのだ、さらに元を辿れば、精子は毎日一億匹ほど作られて、ひと月以内には体外に放出されて死んでいくから、それまではまったく存在しないわけだし、卵子の方は母体が幼いころから体の中にあるとはいえ、母体が卵子を作り出すまではやはり存在しなかった。元はと言えば外部から摂取した食べ物が、遺伝子に書き込まれたコードに則って卵細胞として、あるいは精子として形成され、性行為によって結合し、そして胎児になって出産され satoshi となる。そんな風にして無から satoshi は作られる。しかしそんな satoshi づくりも見方を変えれば生体を使った採掘なのかもしれず、そうして生み出された satoshi であるところの僕が、彼女の後頭部がヘッドボードの角に当たらないように抱えて実らないことが前提の生殖行為に励んでいる。satoshi, satoshi, satoshi……、それは彼女が僕の名前を呼んでいるのか、生み出されることのない拒絶された satoshi を呼んでいるのか、とめどない性行為の果てに、何もないところから satoshi が採掘され続ける。そうして無数の satoshi の一人になってしまった僕は、一体何と呼ばれるべきだろう？

＊

僕はニムロッド、人間の王。

目の前のカバーを被った「駄目な飛行機」の全体を、早く見たくてたまらなくなっている。それと同時にこれまでに最後の商人から買った数々の駄目な飛行機、今は僕の塔の屋上に整然と並ぶそれらを思い浮かべる。一つ前のは、「ボニーガル」という、鳥の形を模したものだった。

ソレルド・ヤッキ・ボーは腰をかがめたままで、左手を自分の顔の高さまであげる。それから、玉座のように底上げされたソファに座った僕を上目遣いで見る。

「さて、この指をパチンと鳴らしさえすれば、私の部下があのカバーを外し、新たな駄目な飛行機を君にご覧にいれることになる。それはもちろん造作のないことだ。しかしそれでは味気ない。もし、全貌を見る前にたずねたいことがあればぜひとも最後に訊いてくれ」

それは僕とソレルド・ヤッキ・ボーの毎回の儀式のようなものだった。駄目な飛行機をコレクションする僕が、退屈な日々の中で最も高まりを覚えるひと時だ。

最後の商人を名乗るソレルド・ヤッキ・ボーは、《寿命の廃止》を受けた「最後の人間」の一人である。しかし、もう「最後の人間」など珍しい存在ではなくなっている。僕が塔を建て始めた頃は全体の七%程度だった全人口における比率は、既に五十%を超えているのだ。最初富裕層にしか適用できなかったその技術の普及速度は、ある時を境に急激にあがった。最後の人間の中には、生に飽いて自ら命を停止する者も一定数はいたが、なにせ死なないものだから、出生率低下とあいまって、まるで脱皮するみたいにその比率は上昇の一途を辿っていた。

《寿命の廃止》を受ける条件の一つとして、規定の資産額が必要であるとされている。《寿命の廃止》を受けるためには、技術を管理する財団が定める**あのファンド**にそれを信託しなければならない。**あのファンド**が資産を運用し、出た利益を預けた者に配当する。自動自己アップデート機能を持つＡＩである**あのファンド**は絶対に運用を失敗しない。「最後の人間」は必ず生活に十分なだけの配当を受けられる。ソレルド・ヤッキ・ボーが「最後の商人」を名乗り、商売をしているのはだから、遊戯に過ぎない。

僕にしたって、この商談は一種の遊戯なのかもしれない。望むなら永久に生きることができ、人類に起こった幸福も不幸も五感で正しく味わえるアーカイブへの接続権も与えられている。でも僕はそれでは飽き足らず、やむにやまれぬ想いで、ソレルド・ヤッキ・ボーの持ってくる商品を待ちわびているのだ。

「ソレルド・ヤッキ・ボー。たしかに、それは駄目なんだな?」いてもたってもいられずに、僕は彼にそう訊ねる。

「その通りだよ、ニムロッド。さもなくば、ここに持ってはこないさ」

「大きさには問題ないと君は言った」

「それもその通り。もっと大きな飛行機も立派に空を飛んでいる」

「とすると動力が問題なのか? 原子力で飛ばそうとしたのが前にあったね」

「プロペラ動力のヘリコプター。その回転によって多くの飛行機が見事に飛んだことは君も知っているはずだ」

「それでは素材はどうなんだ?」

「軽さ・強度とも問題ない」

「では、一体何が駄目なんだ?」

その質問が合図になったように、ソレルド・ヤッキ・ボーはぱちりと指を鳴らした。すると、彼の部下の人間たちがカバーの裾をさっと引き、たちまちカバーは外れて、駄目な飛行機があらわになった。台座に設置されたライトで下から照らされたのは、いかにも重鈍そうななりをしたプロペラ機だった。

「よくぞ聞いてくれた、ニムロッド。今宵君に持ってきた駄目な飛行機は、プロペラ機『パーシヴァル P.74』。多くの計算ミスにより、プロペラをいくら回せど一向に機体が宙に浮くことがなかった。燃料が尽きるまで地面にしっかと足をつけたままプロペラを回し続けることしかできないその間抜けさ。格別の駄目さではないか？　事実この駄目な飛行機を作ったパーシヴァル社はその後プロペラ機の製造は手掛けなかった。ニムロッド、どうだい？　この役に立たない、地面に向けて風を送るだけの扇風機のような、なんの生産性もない駄目な飛行機、『パーシヴァル P.74』。君のコレクションに加えるかい？」

駄目な飛行機はその重そうな機体に関係者の熱い視線を集めながら、くるくるとただプロペラを回し続ける。試運転の時、勢いよく回るプロペラの振動と音に、きっと皆が期待を募らせたに違いない。しかし結局、機体が一ミリたりとも浮くことはなく、燃料が尽きるまでプロペラを回し続けただけだった。

なんて駄目なんだろう？　飛行機なのに、浮くことすらしないなんて。飛行機と呼んでいいのかすらわからない、鉄クズよりも役に立たない、本当に駄目な飛行機。僕は絶対にこれを手に入れなければならない。そして僕の駄目な飛行機コレクションに加えなければならない。

「もちろん買わせてもらうよ、ソレルド・ヤッキ・ボー。早く屋上に持っていって飾りたくてたまらないよ」

「支払いはいつも通りビットコインでいいね？」

「ビットコインだと、不満かな？」

「滅相もない。まるで君が住むこの塔のように、荘厳に価値を積み上げた、ビットコイン。それを欲しがらない人間などいないよ。人類の資産を最大化する、絶対に失敗しない、**あのファンド**からの評価もいちばん高いものじゃないか。個人的にもビットコインはとても好きだよ。すべては取り換え可能だという実感をもたらしてくれる。僕はそれを実感したくて最後の商人をやっているんだから。もちろんビットコインで結構だよ。今回の駄目な飛行機は少々値がはるが、君にとってはほんのはした金に過ぎないよね？」

＊

胎児みたいに身を縮こまらせてシーツにくるまった田久保紀子が何かを言った。う

まく聞き取れなかった僕が聞き返すと、

「とーほーよーじょーに、さる」

ゆっくりと田久保紀子はそう繰り返す。それでも、その言葉の意味がわからない。シーツにくるまったまま彼女は、うつ伏せに体勢を変えて、サイドボードに置いてあるホテルのロゴが入ったメモ用紙を一枚取った。そしてそこに何かを書き付けた。右上がりの細長い書体が、暗めのランプに照らされ、奇妙に浮き上がるように見える。

東方洋上に去る

「これはなに?」

「遺書」

「遺書?」

田久保紀子は自分の iPhone SE を取り上げ、青白く光る画面に顔を近づけて、読み上げるように続けた。

「そう。一人の男が、この遺書を残して飛行機に乗った。場所は――、茨城県の神之池《ごうのいけ》航空基地。彼は自分の名前を捨てようとしていた。零式練習戦闘機に乗り込んで離陸し、そのまま行方不明になった。第二次世界大戦後間もなくのこと」

田久保紀子は、iPhone SE を持ったまま、もう一度仰向けに寝転がった。それから、画面を何回かタップして僕に投げてよこす。

駄目な飛行機コレクション　No.3

航空特攻兵器　桜花

白く光る iPhone SE に表示されているのは、僕が彼女に転送した、駄目な飛行機コレクションの一つだった。

「桜花の開発を主導した人は、本気だったかどうかはともかく、桜花のパイロットたちが負わされた片道切符の旅をトレースしようとした。知ってるでしょ?」

僕は仕事の合間にインターネットで調べたそれにまつわる内容を思い出そうとする。けれどうまく思い出すことができず、僕は Wikipedia を表示する。——あまたある駄目な飛行機の中でも独特な駄目さをほこる桜花、あの機体はそこに乗るパイロットの生還が考えられていなかった。桜花プロジェクトが成立した暁には、もちろん真っ先に自分が桜花に乗って特攻をなす。発案者がそう熱弁を振るったから、これは相当な覚悟とみて上官は裁可を下した。ところが、プロジェクトへの志願を募ってみたら、大勢の兵士が志願した。まさか、有人の飛行機が爆弾を乗せてただぶつかってくるとは敵も考えなかったから、当初の攻撃はうまくいくこともあった。特攻で散った兵士のみならず、桜花の発案者もまた、英雄として新聞で大々的に紹介された。東方洋上に去ろうとしたその男は本当に自殺するつもりだったのだろう、とWikipedia の関連情報を読みながら僕は思う。もともと特攻の一番槍は自分がやろうと心に決めていたのだ。志願する者があったから、その栄誉を譲ったまでのこと。自分はいつだって命を投げ出す覚悟があった。

しかし心の奥底の本音を自分が把握できているとは限らない。いや、むしろできていないのが普通なのかもしれない。操縦桿を握る彼の手が震えだす。心に満ちる思いは、死にたくない死にたくない死にたくない、ただそれだけ。彼は死にたくなかった。天命が尽きるまで、この世に在りたかった。その時初めて自分がなしたことの意味を悟って、彼は戦慄する。後悔というよりは恐怖を、そして、特攻で死んでいった自分より若いパイロットたちのことを想い、涙がぽたぽたと垂れ、操縦桿を握る手を濡らした。懺悔の気持ちなのか、自分がなしたことの本質に戦慄してのことか、なんとも判断がつかない。操縦する練習機は「桜花」と違って、駄目な飛行機ではないから、彼は本州から太平洋にせり出した半島の先に浮かぶ金華山沖の洋上で、不時着に成功し、救出される。だが、彼は自分が死んだことにして、名前を捨て、別の人間として生きることにする。

隣のベッドで寝転ぶ田久保紀子が、ため息を吐いたのが聞こえた。どこか芝居掛かったような、深くて長いため息だった。

「東方洋上に去ることができなくて、海を漂ってから戻ってきたその名無しさん、彼の生命力って頼もしく思えない？『桜花』で若い命を大勢奪っておきながら、自殺のパフォーマンスをしてもなお、九〇年代まで生きた」

そう一息に言って、彼女の唇には言葉の予兆みたいな震えが残った。いつもそれはすぐに静まるのだけど、今日は違った。

「多分、今やっているプロジェクトも成功して、結構なボーナスが入ると思うんだけど、」僕は細かな震えをはらんだまま動く彼女の唇を見ていた。「正直言って何のために稼いでいるのか、全然わかんない。なんだか自分の人生じゃないみたい」

「じゃあ、誰の人生みたい？」僕が訊ねると、田久保紀子は首を傾げる。そして、

「人生、じゃないみたい？」と小さな疑問符が付いたような言い方をした。

「なんだよそれ」僕が笑うと、彼女も小さく笑った。けれど、それもほんの一瞬のことだった。

「ねえ、東方洋上ってさ、なんか響きがいい。そう思わない？　なんかこう、すごくいいところに行くみたいに聞こえる。この仕事が終わったら、私も東方洋上に去ろうかな」

＊

僕はニムロッド、人間の王。

次の「駄目な飛行機」の大きさにもよるが、あと二機ほど置けば屋上のスペースはもうなくなってしまう。そうなると、別の場所を用意しなければならない。今度はもっと屋上を広く作れる、太い塔にしよう。ビットコインはいくらでもあるのだし、僕は何でも手に入れることができる。

僕は今の十倍の広さを持つ塔を想像する。その屋上に今の十倍の数の「駄目な飛行機」が並ぶ。とても飛びそうにない、変な角度で翼が折れ曲がった飛行機、あるいはドラム缶のような筒形の飛行機、エンジンの振動にすら耐えることのできないほどやわな機体の飛行機、まったく何の役にも立たない、無駄のかたまりのような、駄目な飛行機たち。

月のない夜、高い台の上のソファに座って、その真向かいのエレベーターが開くのを待った。ソレルド・ヤッキ・ボーはいつも通り、十八時きっかりにやって来た。エレベーターの扉が開くと、いつものように彼は腰をわずかに曲げた、かがむような姿勢で部屋へと降りる。でも何かがいつもと違った。その違和感の正体が何かすぐにはわからなかったが、商人らしく、うやうやしく一礼するその姿を眺めているうちに僕ははたと気づく。

いつも後から「駄目な飛行機」をエレベーターから押して出す、部下の人間たちがいないのだ。ソレルド・ヤッキ・ボーは大げさに首を振り、お手上げのポーズをする。

「申し訳ないね、ニムロッド。今日の品物はないんだ。世界中を探し回ったんだが、駄目な飛行機はもうどこにもない。先月の『パーシヴァル P.74』、あれで最後だ」

「だって君は最後の商人だろ？　君に用意できないものはないって、前に言っていたじゃないか」

「ああ、もちろん。この惑星上にあるものなら、最後の商人である僕に用意できないものはない。ただね、ニムロッド、申し訳ないが、どこにもないものを売ってあげることはできないよ」

　駄目な飛行機が、もうどこにもない？

「ビットコインならいくらでもあるんだ。それを使って、誰かに造らせることはできないのか？」

「お言葉だがね、ニムロッド。駄目な飛行機を造ることはできないんだ。故意に造らせたものは、駄目な飛行機とは呼べないだろう？　もう人間は、駄目な飛行機を造れなくなったんだ。残念なことだけど。それに、」

　話しながらソレルド・ヤッキ・ボーはソファに座る僕のすぐそばまでつかつかと登ってきて、脇に手を差し入れて僕を立たせる。それから、ガラス張りの壁にまで僕を引っ張っていった。自分の額をガラスに押し付けて下を見る。ぎょろりとした血走った片目だけがこちらを向く。

「ほら、ニムロッド。下を見るんだ」

　ソレルド・ヤッキ・ボーを真似て僕も額をガラスに押し付けて、ガラス越しに下を見る。暗くて地表がよく見えない。いや、夕方だってわかるのかどうか、微妙なところだ。この塔は、あまりにも高い。

「いいか、ニムロッド、よく聞いてくれよ。人間にはもう駄目な飛行機は造れない、と言ったがね、もちろんそれは嘘ではないが、そもそも、もう普通の人間なんていないんだ。人間はすべてが最後の人間になるか、あるいは死んでしまった。そしてその最後の人間たちも個であることをやめた」

「個であることをやめた？　どうして？」

「生産性が低いからさ。生産性を最大限に高めるために彼らは個をほどき、どろどろと一つに溶け合ってしまった。個をほどいてしまえば、一人ひとりのことは顧みずに、全体のことだけを考えればいいからね。より強く高く長く生き続けたいという欲望を最大限達成できるからね。情報技術で個の意識を共有し、倫理をアップデートしてしまえば、その個を超越した価値基準に体の形状をあわせることへの躊躇《ためら》いなんてなくなるし、体の在り方を変えるなんて造作もないことだ。それだけじゃない、どろどろに溶け合った人類は、**あのファンド**と一体になったんだ。それが最も生存確率が高い在り方だからね。その結果として実際、全体としての計算能力を飛躍的に向上させた人類はこの世の理《ことわり》のすべてを知り尽くし、自分たちのことを人類ではなくて、別の呼称で呼び始めている」

僕はまだ、塔の下を覗き込んだままでいる。僕は、これから集めるはずだった「駄目な飛行機」と、彼らのための新しい塔を想像している。今の塔よりも広い屋上を持つ、ビットコインを使って次に建つはずだった僕の塔。だが、それを建てたところで、屋上に駄目な飛行機はもうやって来ない。

「すべてを知った以上、すべてができるようになるのは時間の問題だ。一個に溶け合い、もはや経済も政治も芸術もすべてを司る**あのファンド**と一体となった人類は、これから先のことだって、精緻に予想しているんだ。彼らはまずは個の境界を取っ払ったわけだけど、次の段階ではさらにもう一つの境界を取っ払うことになることもわかっている。それがどういった状態なのか、未だ人間である僕にはわからない。でも今日を限りで僕も彼らと溶け合うことになるから、きっともうすぐ理解できるんだろう。店じまいだよ、君だってもう欲しいものはないんだろ？　でも君の資産については安心していいよ。ビットコインには価値があるんだ。人類そのものである**あのファンド**が君のビットコインの価値を担保し続けてくれるはずだから。価値がある、価値がある、そう記載し続けてくれるはずだから」

あのファンドが保証し続けてくれる、僕がつくりあげたビットコインの価値は、この塔みたいにうずたかく積み上がっている。だから僕は何でも買えるはずなのに、ビットコインは何とでも交換できるはずなのに、この世界にはそれと交換すべきものがもう何もない。

「君に駄目な飛行機を売り尽くすことで、最後の商人である僕の願いは叶った。欲望がなくなってしまった僕はもう人間を続けてはいられなそうだが、ニムロッド、君はどうなんだ？　何よりも高い塔が建ち、その屋上に駄目な飛行機が揃った。君の願いももう完璧に叶ったのではないか？　それでも君はまだ、人間でい続けることができるのかな？」

*

コーヒーを無言で飲む田久保紀子の顔は珍しく疲れがにじんでいる。オフィス近くの吹き抜けのカフェで、僕が近くに仕事で寄ったついでに、お茶をしようと落ち合ったのだった。

このあいだ成田に呼び出された時、田久保紀子と結婚する可能性についてふと考えた。もはや結婚に適した年齢、という概念も崩れつつあるように思えるし、特に東京の知り合いは結婚していない人も多い。僕にしたところで、結婚願望が強い方でもない。多分、堕胎した子供のことを考える田久保紀子のことを想像することで、無意識に連想したのだと思う。

NIPTの結果を受けて、彼女が堕胎手術をしてからまだ三年も経っていない。実際のところ僕が田久保紀子と結婚することになったなら、その件についても否応なく話し合うことになるだろう。「人類の営み」にのれないような気がすると言っていた彼女を、きっと僕は一旦説得しにかかるだろう。言っていることと、望んでいることが一致していないことはよくある。時に正反対であることもある。だから、もし「人類の営み」にのれないのだとしても、自然の流れに身を任せ、もし妊娠したらその時また考えればいい、と僕は言うだろう。そしたら、彼女は拒否するだろうか。今の時代、本気で妊娠を避けたければピルを飲み続ければいいし、それも面倒であれば避妊チップを埋めるという手だってある。なんとなくだけど、彼女はそこまでしない気がする。

と、そんなことを考えていると、まじまじと僕を見る彼女と目が合った。くっきりとした二重瞼の白目が、うっすらと血走っている。

「涙が出てる。ニムロッドに知らせないと」彼女は僕の左目の下に手を伸ばす。それで自分の左目から涙が流れていることに僕は気づいた。ニムロッドに知らせないと、と田久保紀子が言ったのは、小説を再開したニムロッドから、涙が出たら連絡するという約束の復活を告げられたことを前に話したからだ。僕は了解したものの、毎回連絡を取るのもさすがに億劫でケースバイケースで対応している。

「いいよ。毎回やっているときりがないし」

「創作の刺激になるなら、やってあげればいいじゃない。私のことならいいから」

田久保紀子がそう後押ししてきたが、面倒だったのではぐらかしていると、

「私も君たち二人がどういう会話しているのか見てみたいし」とだしぬけな興味を向けてくる。その圧力に抗いきれなくて、僕はLINEを起動してビデオ通話のボタンを押した。けれど、ニムロッドは出なかった。当然ニムロッドにもニムロッドなりの都合というものがある。

田久保紀子は残念がり、つまらなそうに、アイスコーヒーの入っていたグラスに残った氷をストローでかき回していた。支えを失った僕の涙はぽたぽたとテーブルにこぼれる。

彼女のグラスの中の氷が溶けて、からんと乾いた音がする。いつの間にか、屋外のテーブル席が半分ほど埋まっていた。右側の少し離れたテーブルには、Tシャツと短パン姿の太った西洋人が座っている。大きなキャリングケースをテーブルの隣に置い

ているから、おそらくは観光客だろう。左側のテーブルには、ダークスーツを着たサラリーマン風の男性と、だらしなく髪を伸ばした長髪の男の二人組がいた。何を話しているかまではわからないが、時折わっとわく笑い声が耳に響く。しばらくそちらに目をやって、再び彼女に視線を戻すと、彼女はトレイに空になったグラスを置いたところだった。

「じゃあさ」と彼女はどこに繋がっているのかわからない接続詞を突然言った。「今度、君がニムロッドに涙を見せているところを見せてよ」

僕の返事を待たずにさっさと彼女は立ち上がる。僕もつられて立ち上がると、彼女は一瞬僕の腕を取って自分に引き寄せ、斜めになった僕の耳に唇を近づけた。

「今日、多分深夜まで仕事で、リージェンシーの方に泊まるから、来てくれない？後で部屋番号ＬＩＮＥする」

＊

僕はニムロッド、人間の王。

ソレルド・ヤッキ・ボーが帰った後、僕はひとり屋上にあがり、駄目な飛行機たちを眺めた。「何よりも高い塔が建ち、その屋上に駄目な飛行機が揃った」ソレルド・ヤッキ・ボーの言葉が頭に残っている。そうだ、もともと僕はどうしても塔が欲しかったんだ。

資本主義社会においては、資本さえあればたいていのことは叶う。しかし、子供の頃から思い描いていた塔を建てるためだけに蕩尽的につぎ込めるだけの資本を築くことなど、そうはできない。友人の名前を借りて、その名前を最小単位にした通貨を作ってみたのは、駄目で元々という気分がまずはあった。それが現実に価値を帯びるなんていう夢物語のような展開にでもならない限り、それだけの資産を保有するのはまず不可能だ。しかし予想に反して、ビットコインと名づけた僕の仮想通貨は、乱高下を繰り返しながら、多くの物の時価総額を抜いていった。ダイヤモンドの総価値を抜き、金を抜き、ユーロを抜き、ドルを抜いた。それらに価値があったのは、それを欲しがる人間がたくさんいたからに過ぎない。誰も欲しがらなければ、それはただの石ころであり紙切れだ。国家に支えられた通貨は、国家がなくなってしまえば価値を維持することもできない。だが人間であるからには欲望があって、その向け先はいつだってなくてはならない。

根拠とされていたものが明確であればあるほど、それが無根拠であると暴かれた時の価値の落差が激しかった。ただ存在すると書き付けられた僕のビットコインは、元々根拠が無に等しいからこそ、無根拠であると暴かれたその他の価値を吸って膨れ上がっていくことになったみたいだ。いや、根拠がないと感じるのは僕が一個の人間に過ぎないからかもしれない。人間たちの欲望を吸い上げて、今では人類と一体になったというあのファンドにとってみれば、ビットコインを買い支えるだけの自明の根拠があるのかもしれない。

いずれにしろ、おかげで僕は、ビットコインと引き換えに子供の頃から思い描いていた高い塔を手にすることができた。そして、今もまだ莫大な資産が残っている。だが、なぜだろう？　その塔を手に入れてから、僕の右目からは涙が止まらなくなったのだ。駄目な飛行機コレクションを始めるまでは。そしてこれ以上駄目な飛行機をコレクションできないことを知ってから、右目からはまた涙が流れ出している。ソレルド・ヤッキ・ボーがしたように、人類の営みに則って全体に溶けてしまえば、この涙もなくなるだろう。それでも僕は人間の王だから、最後まで人間であることをやめたくなかった。

僕は駄目な飛行機 No.4「コンベア NB‐36」にそっと触れる。原子力を動力に使ったために放射線から守るシールドが必要となり、コックピットだけで12 t もの重量になったアメリカ産の駄目な飛行機。その隣には、同時期にソビエト連邦で開発された、同じく原子力動力を持つ「Tu－119」を飾ってある。もっとも「Tu－119」は「コンベア NB－36」ほどの重量はない。「コンベア NB－36」とは違い放射線からパイロットを守るシールドを使っていないためだ。その分軽量化を実現しているが、もちろん放射線から守られていないパイロットはほとんど搭乗から数年内に死亡している。本当に駄目な飛行機だ。少し考えればそうなることくらいわかりそうなものなのに。

「コンベア NB－36」の向かいには、主翼の中に乗客を収容しようとした「カリーニン K－7」がある。そしてその隣には「ロッキード XFV－1」、主翼が胴体より前にある「グラマン XF5F スカイロケット」、さらに僕と同じ名前を持つ「BAE ニムロッド AEW.3」。僕はその不格好に突き出た機首に頬ずりをする。僕の右目から涙があふれ出し、まるでその駄目な飛行機が泣いているみたいに、機体を伝ってぽたぽたと垂れる。

ねえ、君たち、君たちは、そんなんでちゃんと飛べると思ったの？　そんな不格好ななりで、ちゃんと安全も考えずに、設計ミスばかりして、ねえ、そんなんで、本当に飛べると思ったの？　そんな行きあたりばったりで、ちゃんと飛行機として成立すると思ったの？

＊

僕の左目からの涙が彼女の胸にぽたぽたと落ちている。いつもの感情のない涙だ。

僕の性器はまだ彼女の中に入ったままだった。動かずにじっとしていると、ちょっと休みたいからと言われて僕は体を離した。とても固く勃起していたが、どういうわけか頭の中はひどく冷静だった。シーツ越しの彼女の体を眺めながら、僕は彼女とその胎児が受けた遺伝子検査について考える。母体が自然に生きればあとどの程度生きられるのかまでわかるらしい。けれどその情報は母体には伝えられない。知るべきではないから、伝えない。当人には伝えられない事実が、ただそこにごろりとあって、そのまま朽ち果てていく。

「染色体異常を持つ彼をこの世に生み出すかどうか、その判断を私はしなければならなかった」彼女は上半身を起こしてベッドに凭れる。その横顔を部屋のダウンライトが照らしている。彼女はなぜか、胎内に宿った子供は男の子だと確信していた。「やっぱり重すぎる気がする。私は確かに彼を殺したけど、望まない妊娠で堕胎するなんてよくある話だし、私の友達にだって何人かいる。多分私が傷ついているのだとしたら、彼に悪いからじゃなくて、やっぱり腹が立っているからだと思う」

彼女が怒っているのは特定の誰かではない。どちらかを選ばなければならないこと、たぶんそれ自体だ。量子力学の思考実験の猫のように、生きているのか死んでいるのか未確定のままでいることはできない。

「全知だけど、全能じゃないんだ」気が付けば僕はそんなことを言っていた。

「なに？」

「ニムロッドの話。リハビリなのかなんなのかわからないけど、彼が書いてよこす小説の話」

多分ＳＦと呼んでいいんだろう。高い塔に住むニムロッドの話。人間の王であるニムロッドは、他の人間たち全員が一つに溶け合った様子を高い塔の上から眺めている。一塊になった人間たちは「人間」や「人類」ではない別の名前を自称し始める。すべてのことを知り尽くしてしまった彼ら。いや、我ら？　既に手に余る情報が僕たちにも与えられている。わかったからといって、どうすることもできない。だったら見ない方がいい。

「いや、見ないわけにはいかないでしょ」彼女が僕を見ている。水分の多い目が部屋の光を跳ね返している。「だってあるんだからそこに。あるものを見ないのは間違っている。動物じゃないんだから」

「手に余るんだよ。君もさっき言ってた」

「だったら手を大きくしないと。それを受け止められるように」

そして、できることがどんどん増えていって、やがてやるべきこともなくなって、僕たちは全能になって世界に溶ける。「すべては取り換え可能であった」という回答を残して。

「しょうがないじゃない。それが本当のことなんであれば」ダウンライトが彼女の顔に陰影を作る。顔の右側は光が鼻梁を縁取って白く、反対は暗くて表情が読み取れない。「それともまさか君、自分が取り換え不能だとでも思っているの？」

＊

また僕はサーバールームにいる。採掘用に用いていたサーバーを本来の業務に戻す必要が生じ、その設定をするために久しぶりに残業をしている。サーバーにとってはあくまでもビットコインの採掘は副業であって、メールやスケジュール、あるいは稟議決裁システムを提供するのが本来の仕事だ。だから本業復帰ということで、むしろ喜ばしいことのはずなのだけど、採掘課の責任者としてはいよいよ存続が危ぶまれる状況ではある。明らかに社長は採掘には興味を失いつつあるようで、つい先日も電話があり、こんなことを言いだした。

「考えたんだが、掘るのではなくて発行するのはどうかな?」

「発行するって、ビットコインをですか?」

「ビットコインは、君じゃない方のサトシ・ナカモトが発行したものだろ。そうじゃなくて、新しい仮想通貨を発行するんだ。採掘では小銭にしかならんようだからな。本当の中本哲史である君がオリジナルの通貨を発行してさ、それでなにかビジネスを考えられないか?」

調べてみたところ、新たな仮想通貨を作るのは、割合に簡単にできるようだった。ビットコイン自体がそもそもオープンソースで、ソースコードを自由に使うことができるから、それをベースにして新たな仮想通貨を作ることができる。プログラミングに詳しくない人でも、簡単な操作で新たな仮想通貨を作れるアプリもあるらしい。しかし、作ったからといって、誰も欲しがらなければ価値は生まれない。欲しがってもらうためのアイデアこそが重要で、僕が思い付くようなことはきっとどこかの誰かが既にやっているだろう。

残業が極端に少ないから、二十一時を回った今会社に残っているのは僕だけだった。サーバールームから執務フロアに戻り、フロアの四分の一は電気を落としたままにし、僕の真上だけを点ける。日報を書きながらふと横を見ると、夜景を背負ったビルのガラスが鏡になって僕を映す。僕の顔の一部が妙な光り方をしていて、何かと思って見てみると、ああ、そうかとすぐに気が付いた。また僕は泣いているのだ。いかなる感情とも連動していないから、視覚で気づくことが多い。

satoshi：また出ていますよ、涙

とニムロッドにLINEメッセージを送ると、すぐに既読が付いた。そして、

nimrod：いまどこ？

と、返事が来る。

satoshi：今は会社です

nimrod：この時間だと他に誰かいる？

satoshi：いえ、僕だけですね。荷室さんはどこですか？

nimrod：僕も会社、他に一人いるけど、あとは誰もいない。ねえ、覚えているかな？　以前、君の涙を見せてもらったとき、会議システムを使ったこと

satoshi：覚えてますよ

nimrod：僕の方は家からのアクセスだったから、フル性能を引き出せていたわけではなかった。今だと、拠点同士を繋ぐことができるね。やってみないか？

僕は鍵をまとめてある据え付けのボックスから、会議システムの設えられている地下の部屋の鍵を取り、エレベーターに乗って、再び地下を目指した。部屋に入り、電

源のボタンを押した。全部を点けてしまってから、思い付いて左側半分を消した。テレビ画面に映すこともちろんできるけど、せっかくだから、プロジェクターで映写したかった。準備を整え、その旨ニムロッドにＬＩＮＥで伝えると、半分照明を落とした薄暗い部屋の壁に呼び出し音が響き、

nimrod

という赤い文字が大きく表示される。ＯＫボタンを押すと、今度はニムロッドの顔が大写しになった。

「どうも、」とニムロッドは言った。彼もプロジェクターを使っているらしい、部屋が薄暗かった。復職してから、名古屋で会った時よりも、スクリーンに映されたニムロッドの方がニムロッドらしいと思った。以前、英国風パブで黙々と小説を書いていた、あの頃の彼に再会したような気持ちになったからだろうか、

「どうですか？　執筆活動は順調ですか？」

とそんなことを聞いていた。

「いたって順調だよ。そちらは？　マイニングは順調？」

「本業の好調におされて、規模縮小を余儀なくされています」

「なるほど。まあ、でも君が掘らなくてもどこかで誰かが掘っている。その通貨は確かにあると書き込み続けている。それで新たな satoshi が生まれている」

そう言って口を閉ざすと、顔を近づけてくる。いや、ニムロッドは名古屋のオフィスの会議室で、スクリーンに映る僕の顔、その左目から流れる涙を観察しているのだ。ニムロッドはわずかに首を傾げ、下から覗き込むように僕を見る。左目から流れる涙は、頬骨を伝って、口の端に達し、ぽたぽたと落ちていく。あちら側にどこまでが見えているのかはわからない。

「久しぶりに見ると、やっぱり興味深いね」と三白眼の顔が言う。

顔の角度を変えて子細に観察してくるその様子を見ていると、ニムロッドに涙を見せている時、連絡がほしいと田久保紀子が言っていたのを思い出した。思い出してしまうと、確かめないのも気持ちが悪くて、ニムロッドに彼女に連絡しても構わないか聞いた。ニムロッドは少し驚いたような顔をしたけれど、スクリーンから離れ、小さくうなずくと、もちろん構わない、と言った。

僕は iPhone 8 のＬＩＮＥアプリを開き、ビデオ通話のボタンを押した。彼女とビデオ通話することもないから、誤操作か、普段とは違った特殊な用件かとでも思うだろうか。あるいは聡い田久保紀子のことだから状況を察するかもしれない。

三コール目ぐらいで田久保紀子はすぐに出る。プロジェクターよりもずいぶん強い光を発するiPhone 8。肌の白が眩しい。映り込む背後の様子からすると、彼女は自分の部屋ではなくて、どこかのホテルにいるらしい。

どうしたの？ と言いかけて、彼女はすぐに状況を察したようだった。おそらく背後のスクリーンに映るニムロッドにも気づいた。僕はiPhone 8の音量を最大にして、遺影を持つみたいに、胸のあたりでそれを掲げスクリーンの方に向けた。スクリーンの脇についているカメラが僕とiPhone 8の中の彼女をとらえている。一方田久保紀子にもスクリーンに映っているニムロッドが見えているはずだ。

はじめまして、と田久保紀子が言う。

はじめまして、とニムロッドが返す。

＊

全員が他の二人を画面に一度に見られるように、小さな田久保紀子の入ったiPhone 8の配置を考え、机の隅に、ホワイトボードのイレーザーを支えに立てかけた。

僕からはスクリーンに映るニムロッドとiPhone 8の中の田久保紀子が見える。ニムロッドからはスクリーンに映る僕の映像と、その映像の中のiPhone 8、さらにその中の田久保紀子が小さく見えている。田久保紀子にも僕と、スクリーンに映るニムロッドが見えている。ばらばらの場所に我々はいるが、一堂に会してもいる。サトシ・ナカモトの涙が繋いだ縁、とニムロッドが言って、ホテルの部屋でワインを飲み始めた田久保紀子はへらへら笑った。

僕とニムロッド、僕と田久保紀子、それぞれ一対一の関係においては、特別な関係を取り結べていたような気がしていた。いや、それも本当はそうではなくて、誰もがそんな風に思っているだけなのかもしれない。自分と誰かの特別な関係性。そもそもそれが幻想であるからこそ、三人以上いると、客観的な目が自分の中にも醸成されて、ありがちな関係性であるように思えてくる。実際に田久保紀子といる時に僕も、田久保紀子だけではなくて、田久保紀子に似た女のことをつい考えてしまっているのだ。それは過去になにがしかの関係を結んだ女であるし、同時に未来のいつか、関係するかもしれない、架空の誰かだった。

けれど、ニムロッドはどうだろう？　ニムロッドに似た男はいただろうか？

はじめまして、と言ったきり、しばし沈黙が続いていた。お互いにどう話を進めていけばいいのかわからないのかもしれない。僕と一対一で話す時とは、二人とも違う雰囲気であるように思った。お互いのことをどこまで知っていて、つまりは僕がどれだけ話をしていて、知っていてもいいのか、その区切りがわからない、と田久保紀子は思っているのかもしれない。だから、僕は話題を提供するつもりで、27クラブの話をした。自殺したロックスターの話だ。商業的成功は若者の精神をむしばんで、生存に重大なリスクを発生させる。田久保紀子としたそんな四方山話をニムロッドにも話してみると、ニムロッドは既に知っていたんだよ、と他愛もない話題を提供する。その時、ニムロッドは二十七歳で死ななかったロックスターとしてトム・ヨークの話をした。今にもこの世から退場しそうな彼は結局生き残り、近頃では念仏みたいな歌ばっかり作っている。そう言われて僕は彼の曲を聴いてみたが、確かにニムロッドの言う通り念仏みたいな曲ばかりだった。

話題を提供したものの、いまいち話は盛り上がらなかった。iPhone 8の中の小さな田久保紀子が、会議システムに表示される「nimrod」の文字に気づいたのか、

「ニムロッドって、メールの最後に書いてる署名もそうですよね」と話を振った。

「あれって、塔を建てようとした英雄の名前ですよね？」

画面に映る神経質そうな三十代後半男性、荷室仁は一瞬ピクリと眉を動かす。「建てようとしていた？」自問するように、あるいは言葉の響きを確かめるみたいに彼は小さな声で言って首を傾げた。

「そう、バベルの塔。せっかく順調にいってたのに、邪魔するのってひどいですよね」

iPhone 8の小さな画面の中の、クリーム色のシーツをマントみたいにまとって田久保紀子は顔だけを出す。背後の窓からどこかの夜景が覗いている。ニムロッドは首を傾げたままだった。僕にはぎりぎり視認できるけれど、ニムロッドのオフィスに映写される画像でどこまで見て取れるかはわからない。音声はクリアに届いているようで、会話には困らなかった。

「駄目な飛行機コレクション。彼から読ませてもらいました。すみません、勝手に、でもあれ、面白いですね」

「あれは、ネットに転がっていたものだから」

「知ってます。でも、解説文章っていうのかな、あれも面白いですよ。もう続きは書かないんですか？」

ニムロッドを映すスクリーンから斜め四十五度くらいの位置に、どこにいるともしれない田久保紀子を映すiPhone 8がある。その中の田久保紀子と僕を拾うマイクとカメラがこの部屋にあって、その情報を暗号化してニムロッドに送っている。僕たちは確かに会話をしているが、僕たちの会話は暗号化されたデータのやり取りそのものだ。このやり取りそのものであるデジタルコードもどこかのサーバーに書き込まれているのだろうか？　あるいは技術に還元しえない、世界そのもののどこかに記載されているのだろうか？

ニムロッドも田久保紀子も何も言わなくて、時を数えるみたいにぽたぽたと僕の左目から涙がこぼれている。

「誰にも読ませない文章」iPhone 8の中の田久保紀子が突然言った。「ニムロッドさんはそれを書いているんですよね。それなのに、なぜ彼に送るんですか？」

ニムロッドの視線が動く。僕を見たのかもしれない。会議システムを介しているからよくわからない。

「あんまり考えたことなかったな」ニムロッドが答える。「でも何というか中本さんはそういうのを考えさせないところがある」

「よくわかります」

言葉とともに僕に放り込んできたそれぞれの親密さが、二人の会話を滑らかにしている。

「あと、もしかしたら、僕がまだ金庫に直行させてもいいやと思える文章が書けていないのかもしれない。人類の営みから逃れきれてはいないのかもしれない」

ニムロッドはそう言ったきり、また黙った。何かを考えているようだった。この表情をどこかで見たことがある。どこだっけ？　と考えていると、ああ、とすぐに思い当たった。御茶ノ水のパブで彼が小説を書いている時だ。仕事をしているのか、小説を書いているのか、予想して確認するのを楽しみにしていた時、口をすぼめて、わずかに左上方に視線をやる彼はたいてい小説を書いていた。

「ねえ、ニムロッドさん」沈黙を続けるニムロッドを、田久保紀子が見つめている。iPhone 8に小さく映るその目には熱がこもっている。「駄目な飛行機ってなんだかいいですよね。私も、一台欲しいくらい」

ニムロッドは一瞬戸惑いの表情を見せる。それから、すぐに気を取り直したように小さく笑った。「飛行機の数え方は台じゃなくて、機。駄目な飛行機が一機、駄目な飛行機が二機、駄目な飛行機が三機。それに結構高いよ」

「高いって言っても、世界第四位の製薬会社ほどじゃないでしょ？」

＊

大口顧客の定期メンテナンス業務を午前中に終えて、デスクに座ってメールを処理していると、グループワーキングツールに新しいメッセージが入った。顧客から預かっているサーバーの一つが停止した旨の連絡だった。止まったのは二拠点サービスの東京側のサーバーだった。Slackでの反応を見る限り、すぐに動けるのが僕だけのようで、名乗り出て、サーバールームに様子を見に行く。指定のサーバーに繋がったモニターをつけると、完全に固まっているのがわかる。いわゆるフリーズの状態で、こうなってしまうと、もう再起動するしかない。一度電源を切って、再び電源を入れ、PCに残った履歴を調べて原因を探ってみたものの、再起動してしまうと、残っている痕跡が限られて原因の特定まではいかない。

心臓麻痺、と僕はSlackに書き込んで作業を終えた。一息つくことにして、ディスプレイから目を離し、ワイシャツのポケットから自分のiPhone 8を取り出す。ＬＩＮＥアプリを開いて、田久保紀子とのトークルームを覗いてみる。ここのところ、ずっと動きがない。遡っても、恋人同士らしい甘いやり取りはまるでしていない。ほとんどが、会う日時や場所の連絡だ。あとは仕事の愚痴や、インターネット上で話題になっているニュースなんかのリンクがちらほらとあるだけ。僕が一つメッセージを投げると、一つ返って来るペースが常だったのだけど、たまにこんな風にいくらメッセージを送っても返ってこなくなることがある。それでも時間が経てば何事もなかったように返信がある。

今回は僕が四回連続送っていて、彼女が「既読」した印だけが付いたまま放置されている。なんとなく気後れして、ここ一週間ほどは新たなメッセージを送っていなかった。そろそろこっちから連絡をとってもいい頃だと思って、思い切って電話してみる。でも結局彼女は出ずに、コール音が四回続き、それから留守電になった。

satoshi：なんかあった？

とＬＩＮＥでメッセージを打つと、すぐに「既読」になった。しかし、やはり返事はない。僕はその「既読」という無機質な文字を眺め、それから田久保紀子からの最後のメッセージ、

takubon：プロジェクト完了。疲れたので東方洋上に去ります

その文字を眺めながら彼女の姿を思い浮かべる。肩にかかる長い髪、目に映るものすべてを興味深そうに眺める目、椅子に腰をかけるとしばらくして必ず脚を組む彼女の、スカートの時はあらわになる、反対の脚に押しつぶされた脹脛《ふくらはぎ》を僕はよく見ていた。一緒にいる時は意識もしない彼女の姿をなぜ僕は無機質な文字を見ながら思い浮かべているのだろう？

田久保紀子のプロジェクトが終わる直前、ホテルで一泊をしたのが最後だった。あの日はすぐに抱き合って、僕は二度果てて、二人でシーツにくるまってしばらくはお互いの仕事の話をした。田久保紀子が手掛けていたほぼ同規模の会社を吸収する手伝いが無事完了しそうなこと。僕からは、またも業務縮小になった採掘の話をした。純利益はもう十万円を割りそうになっている。おそらくは社長も既に忘れかけている業務で、名ばかりの課だけど、さすがに採掘用に稼働しているサーバーがゼロになったら、課自体は廃止するか、少なくとも名前を変えることになるだろう。

田久保紀子が無言で天井を見つめている時、僕は勝手に彼女が考えていることを想像してしまう。たいていは「嫌なこと」を思い出してしまう彼女のことを。けれど、

あの時は、ニムロッドと僕と田久保紀子、その三人でした会話のことを思い出しているのだと想像していた。いや、単に僕が田久保紀子の横顔を眺めながら、その時のことを思い出していただけかもしれない。

一通り話し終えると田久保紀子はニムロッドに連絡先の交換を申し出た。ＬＩＮＥのＩＤを登録し合った後で田久保紀子は、金庫に直行させても良いと思える文章が書けたらそれを読ませてほしいとニムロッドにお願いした。ニムロッドはそれに応えなかった。黙ったままおそらくは iPhone 8 の中の小さな田久保紀子を見ていた。だんだんと気まずくなってきて、僕は取り繕うように適当に会話を結び、まずはニムロッドの回線を切り、田久保紀子と少し話してから、iPhone 8 の回線も切った。彼ら二人を繋ぐきっかけになった僕の涙だけが、まだ流れ続けていた。

そんな回想にふけっていると、いつの間にかすぐそばまで来ていた田久保紀子の指が間近に伸びてきて、現実の僕の涙を拭った。

「君のこれ。感情のない涙。泣くんだったらみんなこんな風に泣けばいいのに。少なくとも私より先に泣くなんてあり得ない。私に判断を押し付けておいて、勝手に泣くなんてあり得ない。泣く権利なんてあいつにはなかったし、私にだってなかった。たぶん大抵の人間にそんなのはない。それは罰でもなんでもない当たり前のこと」

それから彼女は僕の腰のあたりにまたがって、両膝をベッドにつけた。尻に押さえ付けられて、僕は身動きが取れなくなった。もしかしたら、彼女は泣くんだろうか。僕の頬に触れる長い髪に包まれた顔を覗こうとしたが、ぽたぽたと流れてくるものはない。その代わりみたいに僕の左目から涙が流れ続ける。涙が、頬を伝って左耳を濡らす。

僕は田久保紀子にもう一度電話すべきかどうか、ひとしきり悩んだ。けれど結局そうはせずに、iPhone 8を胸ポケットにしまった。

ふと、塔の上に取り残されたニムロッドのことが頭に浮かんだ。彼からのメールはあの鼎談以来途絶えたままだ。彼の姿を頭の片隅に浮かべたまま僕は一人サーバーたちの働きをサポートし続ける。その内に田久保紀子がニムロッドを見た時の視線が頭に浮かび、その像と重なった。あの時、あの沈黙を気まずく感じたのは僕だけだった。当時は思いつきもしなかったけど、なぜか今になってそのことがありありと実感される。僕一人だけが言葉を乱されていて、あるいはずっと昔に乱されたままでいて、彼ら二人が共有しようとしたものを僕は見ることができなかった。

ぶんというファンの音に混ざって、僕の叩くキーボードの音がかたかたと響く。無機質なサーバーたちがコードに則って演算を続け、世界に機能を提供している。サーバールームには僕の他に誰もいない。今この瞬間、世界から誰もいなくなっていたのだとしても、きっと僕は気づかない。

＊

僕はニムロッド、人間の王。

駄目な飛行機コレクションNo.1「桜花」、そのコックピットの中に僕はいる。

一晩中下を見続けたから首筋が妙に痛い。ソレルド・ヤッキ・ボーが去った後も、僕は塔の上から一晩中地表を見下ろしていたのだ。けれどそこははるかに遠くて、どろどろと溶け合って一塊となったという人類の姿はやはりわからなかった。塔の上から見えるのは、地球そのもの、地面と海、そして視界をところどころ遮る雲だけだった。

すべての駄目な飛行機を集めきった僕は、もう何をしてよいかわからなくなった。ただ東の空に昇り始めた太陽を見ていると、僕はそこに向かわなければならない気がした。そして僕は駄目な飛行機の中から一機を選び、それに乗り込んで、飛び立ったのだ。

太陽は正面にある。僕の他には、誰もいない。人間の王である僕以外は誰も。帰りの燃料を積むことができないこの駄目な飛行機ならば、あの太陽まで辿り着くことができるだろうか？

ねえ、ナカモトさん。

僕は太陽へと進みながら、古い友人に呼びかける。

ねえ、ナカモトさん、僕は太陽に近づいているはずなんだけどさ、どうも、その実感が湧かないんだ。桜花が進む距離なんか、太陽との距離に比較するならば、誤差みたいなものだから、それもしょうがないんだけど。それにきっとこの駄目な飛行機はすぐに燃料が尽きて、僕はいわゆる海の藻屑となるだろう。海の藻屑？ ありがちな表現だね。とてもありがちで、才気のかけらもない表現だ。でもしょうがない、僕はその程度のことしか思い付かない人間だからね。

ねえ、ナカモトさん、僕は何よりも高い塔から飛び立ったわけだけど、もともと僕にとっての塔はさ、小説なんだと思っていたんだ。これは前に伝えたことがあったかな。なかったかな？　まあ、どっちでもいいことだね。僕が言葉を紡いでいくことで、人々の精神に何かを書き込む。遺伝子に誰かが書いたコードみたいに、ビットコインのソースコードみたいに、僕が誰かの心に文字を通じて何かを記載することで、それが世界を支える力になる。そう思っていた。でもそうではなかった。いや、あるいは僕に才能がなかっただけかな。

だとしてもさ、ねえ、ナカモトさん。そんな衝動を持っているのは、きっと僕だけじゃない。それは、誰もが心の奥底に抱えている根源的な衝動に違いない。そんな衝動がきっと空っぽな世界を支えているんだ。僕よりずっと才能のある芸術家だって、それが空っぽだと知っていて、だからこそ、そのことを表現せざるを得なかった。表現するだけの気力が尽きてしまったら、あとは死ぬしかなくなるものな。未熟なロックスターが二十七歳で自殺するように。たくさんの傑作をものした老境の作家が自ら死を選ぶように。

小説は書くのを一旦やめてもさ、ふと気が付けば、僕の頭の真ん中に真っ白な塔があって、それは空を突き刺しながら僕を見ていたんだ。

僕はね、小説を書きながら、これまでずっと未来のことを考えてきた。先々のために今何をやるのが重要なんだろう？　って。だけど今思うのは、予想されうる未来は今と同じか、あるいはそれ以上に人間を縛るということだ。

僕たちは縛られている。僕は縛られている。だから僕は、ただ一人塔の上に残った今、この最後の時、駄目な飛行機に乗って、太陽を目指すことにしたんだ。

それらが、どこでどう繋がっているのかはわからない。別に繋がってなんていないのかもしれない。僕は駄目な人間だから、一番終わりまで残ることになった一番駄目な人間だから、そんな僕の考えもすべてはただの勘違いかもしれない。

だけど、ナカモトさん、君は気にかける必要はないよ。それに気にかけることもできない。だって、君は最後のこの章を読むことはないから。

サリンジャーだよ。

ただごろりと文章があるんだ。意味なんて知らない。展望があるかどうかも知らない。僕は駄目な人間だから、そんなことは考えない。僕と同じ駄目な人間が皆そうであるように、この文章はただ、ごろりとここにあるだけなんだ。

＊

地下鉄の駅を降り、改札を出たところで、外国人観光客にぶつかる。僕より背の高い、眼鏡をかけた金髪の女性は何か声を発した。僕は彼女にというよりは、そのふくよかな腹回りに「Sorry」と言葉をかけて、足早に去る。仕事中のビジネスマンや、暇そうな大学生やフリーターっぽい人、何をやっているのだかよくわからない中年男性などの脇を早足ですり抜けながら、頭のどこかで、さっき外国人女性に「Sorry」と謝ったがそれでよかったんだろうか、白人だから英語でいいだろうというのも決めつけに過ぎるのではないか、などと思いを巡らしていた。

でも、それは頭の一部を占めていただけで、大部分は名前の新しくなった僕の課のことを考えていた。オフィスの移転に伴い、採掘課が仮想通貨推進課に名称変更したのはつい先日のことだ。ビットコインを採掘していたサーバーたちの本業復帰が続き、採掘課は既に有名無実化していた。こんなことなら、たとえ言いにくかったのだとしても課の名前を付けるときに、仮想通貨課にしておけば良かった。採掘対象としてであれ、それを発行するのであれ、仮想通貨課であれば汎用性があった。

ビットコインの採掘を始めた頃から比べると、取引価格は三十%以上安くなっている。年の初めに大手取引所のある仮想通貨の不正流出が発覚して、暴落のきっかけになった。金融庁からの指導が入り、対策を強化し一旦は落ち着いたのだけど、ここに来てまた不正流出が起こった。手口も巧妙化しているらしい。通常の通貨と違い、「ソースコードと哲学でできている」仮想通貨は実体がない分ハッキングされるとひとたまりもない。そんなこともあって、仮想通貨はもう終わりだという人もいる。少なくともそれに寄せられる期待はずいぶん減っていた。でも社長に言わせると「だからこそチャンス」なのだそうだ。ここで、仕込んで普及させることができれば大きく儲けられそうな気がする。どうもそこから先の青写真はないようで、彼にしては山っ気のあることを言いだすものだと思った。もしかしたら彼も、無難な経営に少し飽きてきているのかもしれない。

新規の仮想通貨は、アプリを使ってすぐに発行することも可能ではあるけれど、機能の発展性を考えると公開されたソースコードを改変した方がいい。ハードルは上がるが、社長の気まぐれに振り回されてあげているのだから、そのくらい趣味的に取り組んだってバチは当たらないだろう。

一週間前からビットコインのソースコードの読み込みを始め、なんとなくの感触は摑んでいる。なんにせよ目を引く新機能と受けのいい売り文句をくっつけて広め、取引所に上場させられるかどうかが勝負だ。まあ、まず無理だとは思うけど。

哲学を端的に示す暗示的な名称がいいだろう。暗示的でありつつ、響きが良いものならばなおいい。仮想通貨の現在の時価総額で一番高いものはビットコインで、二位がイーサリアム、三位がリップル。ビットコインはさすがに最初の仮想通貨だけあって、仮想通貨を代表するようなネーミングができている。あとの二つは、少し謎めいていて、しかし、どことなく未来に拓けたイメージが浮かぶ音だ。

ビットコインだけでなく、イーサリアムも、リップルも、一通貨を表す通常単位と、その価値が高騰した場合に備えて、より小さな単位をあらかじめ設けている。ビットコインは一単位がＢＴＣで、０・００００００01ＢＴＣが1satoshi。イーサリアムの場合は一単位が ether で、０・０００００００００００００００００１ether が1wei。まるで私立大学生の掛け声みたいな名前だ。1satoshi、1wei 単位で取引するほどに、それらの仮想通貨が高騰するのかはわからない。iPhone 8で調べてみると、現在の1ＢＴＣは七十万円ほどになっていて、通常単位でしか取引できないとなると、流動性は下がってしまうのは確かだろうから、備えあれば憂いなしと言ったところだろう。それに採掘について言えば、satoshi は既に実用されてもいる。

僕の仮想通貨の最小単位はどういう名前が良いだろう？　世界一位のビットコインがsatoshiで、二位のイーサリアムがweiなのだから、何かこう、ちょっといわくありげな、くだけた名前が良いのかもしれない。

と、そんなことを考えていると、左の視界、その下側が波打つように曇った。反射的に上を向く。すると雲一つない空の低い位置に飛行機が白い線を引きながら飛んでいるのが見えた。感情的な昂ぶりが伴わないこの涙が流れるたびに、僕はもう連絡が取れなくなった田久保紀子とニムロッドのことを思い出す。僕の頭の中で彼らとこの涙が結びついているらしい。

涙の量が普段より多い。上を向いているのに、左目から涙があふれ、それは頬の温度を奪って時間経過そのものみたいにぽたぽたと落ちていく。僕は飛行機の白い影を眺めながら、そうだ、僕の仮想通貨の最小単位をnimrodにしてはどうだろう、と思い付く。高い塔みたいに価値を積み上げる僕の新しい通貨。いつか雲を突き抜けてその塔が高くそびえたならば、その最小単位が顔を出す。nimrod、塔の上に最後に残った人間、人間の王。

僕は上空を向いたまま自分の思い付きにしばしとらわれる。それからふと我に返ると、飛行機の影はすっかりなくなっていた。

引用

・『旧約聖書 天地創造《創世の書》』フェデリコ・バルバロ訳注、講談社学術文庫、二〇一一年
・Qtip「ダメな飛行機コレクション」－「NAVERまとめ」(https://matome.naver.jp/odai/2134044836902299701)

あとがき

　この作品を書いている最中、並行して長編小説『キュー』に取り組んでいた。締め切りに追い立てられていた当時のことを思い出そうとすると、水槽の中を漂っているような……そして、その水の中ではなぜか息ができる……淡いイメージがあるだけで、具体的な記憶がぱっとは浮かんでこない。

『ニムロッド』の作品もタイトルも決まっていなかった時期から、「塔」のモチーフだけがあった。作品を重ねるごとに高みを増していく、想像上の塔。作品として形にしようとした時、塔の頂上で孤独に過ごす人物の像が現れた。この人物を幼い頃の白昼夢でも見たような気がする。そんな由縁の分らない、頭に住み着いていながらも、忘れかけられていたヴィジョン。僕の場合、創作活動はそれらを消化していくものでもある。

　執筆を始める前に、まとめサイトの「ダメな飛行機コレクション」を見つけた。これが一つの大きな駆動力になるだろうと直感した。

翼を持たない人間が、空を飛ぶことを夢見て、大量のがらくたを造る。それらが象徴するのは失敗の歴史だ。どんな判断をしても、どこに辿り着いても、正解だったかどうかなんて誰にも分らない。我々人間が歩んできた背後には、愛すべきがらくたばかりがたくさん転がっている。

参考文献として「ダメな飛行機コレクション」のURLをあげたが、今ではもう、それをクリックしても何も出てこない。サービスが終了してしまったからだ。

塔の上の反逆者《ニムロッド》は、小説を書こうともがく僕の中に常に存在している。彼の誰にも読まれなかった文章は、僕の文章でもある。

気に入っていただけると、いや、読んでいただくだけで、こんなに嬉しいことはない。

上田岳弘（二〇二〇年十一月十七日　東京）

●解説

「自由」の追求——上田岳弘『ニムロッド』

松浦寿輝

あれは上田岳弘が「太陽」で新潮新人賞を獲得した二〇一三年秋のことではなかったか。当時、朝日新聞紙上で文芸時評を担当していたわたしは、他の誰だかの作品とひと括りにして、「新・超越派」の出現ではないか、などという戯《ざ》れ言ともつかない評を書いたことがある。この上田氏の制度上の第一作では、語りの視点が世界各地の複数の人々の間で次から次へと飛び移り、人類の「第一形態」から「第二形態」への移行がすばやくスケッチされ、最終的に太陽の核融合過程が暴走し、太陽系の全体が滅び去る。

何が何だかわからない。しかし、上田氏の綴る文章じたいは悠揚迫らざる冷静な筆致で進行し、作品の最後は、「が、太陽のことであれば以上だ」という素っ気ない一行で忽然と締め括られる。何やら不穏な気配が充満しているそら恐ろしい作品で、当時、時評者の義務として仕方なく、作者と等身大のちまちました人々のちまちました日常が語られる貧乏くさい小説ばかり読まされつづけていたわたしにしてみると、文学空間に突然風穴が開き、異界から風が吹きこんできたような爽快感があった。

その後、上田氏は芥川賞を受賞したこの『ニムロッド』を含む数冊の著書を刊行し、現在も旺盛な創作活動を持続しているが、「わからなさ」と「爽快感」の奇態な結合という持ち味はどの作品にも共通しており、われわれ読者を快く途惑わせつづけている。

その途惑いの主因は、発話の起点が、人々が日常生活を営むこの此岸の世界にではなく、どこか超越的な「他処」に位置していることにあるのではないか、というのがわたしの推測だ。「新・超越派」と命名したゆえんである。発話の起点、などとついややこしい言いかたをしてしまったが、他にどう言ったらいいのかわからない。小説技法のパラメーターで言えば、「人称」ないし「視点」という用語はある。しかし、「人称」に関するかぎり上田氏の作品ではそのつど情況に適切な三人称ないし一人称が選ばれ、それゆえ語りの進行はつねに安定している。「視点」に関しても、たしかに「太陽」その他で明らかなように複数の登場人物間で次々と突拍子もない移行、転換、飛躍を重ねるものの、それを除けば謎めいた重層化も錯雑化もなく、シンプルで明晰だ。

「人称」も「視点」も、一見明快で、謎はない。不穏なものもない。ただ、言葉の湧出点というのか、作者の発語意識が棲まっている起源の場所が、どうもこの地上世界にはないように思われてならない。それはどこかしら「外部」にあるのではないか。では、その「外部」はどこに位置するのか。銀河系をはるかに離れた宇宙空間だろうか、それとも人間の想像が追いつけないような超未来だろうか。いずれにせよそこから見ると、たとえば『私の恋人』で言うなら、世界の未来図を洞窟の壁に恐るべき正確さで刻んだというクロマニョン人、大戦中に収容所で絶命したユダヤ人、平成の世の日本人――そのすべてが転生した「私」であるという――の三人すべてを等距離に捉えることができる、そんな場所があるということだ。

その場所と、個々の登場人物の視点との間に、つねに何かしら還元不可能な距離が絶えず孕まれており、その距離によってこそ上田作品の数々の綺想が可能となっているのではないか。そして、距離はまた、その超越的なトポスと作者自身の立ち位置との間もむろんあるだろう。作者自身がいま現にその場所に立ち、そこから冷静な創作意識によって言葉を繰り出しているというわけではないからだ。

上田岳弘の小説は、主体としての作者が主題なり構成なり修辞なりを意識的に統御しつつ書かれたものではないように思う。それを「外部」と呼ぶか「他処」と呼ぶかはともかく、どこかしら超越的なトポスを起点として湧出した言葉の運動がまずあり、その流れに作者と呼ばれる仮の主体が身を委ねることによって生成していったもののように見える。と言って、それがシュルレアリスムの「自動記述」の実験のような、無意識界の探求や詩的イメージの創出の試みともまったく違うものであることは言うまでもない。

短篇「重力のない世界」（『塔と重力』所収）は、「演算されたこの人生の中で、僕は実人生の夢を見る」という一行から始まるが、わたしには上田氏の作品は、すべてこうした「夢」の所産のように感じられてならない。夢のなかで非現実ないし超現実の時空に遊ぼうというわけではない。実人生それじたいが、「実」ではありながらすでに夢見られた「虚」の世界だと言っているのだ。そのあたりが上田氏の「新」超越派たるゆえんで、「新」というなら「旧」はあったのかと問われるだろうが、わたしの認識では、宗教体験を記述した古来のあまたのテクストはさておくとして、シュルレアリスムと同時代のアヴァンギャルディスト、ルネ・ドーマルの未完の長篇『類推の山』などが「旧・超越派」に当たる。超越界に聳える窮極の「山」をめざして困苦に満ちた旅に出るといった試練は、一九二〇年代の前衛にはふさわしくても、以後一世紀を経た二一世紀文学の超越派には無縁である。

上田岳弘的な超越性が結実した至高形象が、そうした「山」ではなくむしろ「塔」であるのは見やすいことだろう。彼にはすでに「塔と重力」や「双塔」という作品があり、本書『ニムロッド』にもバベルの塔を思わせる巨塔が登場している。しかし、本書の道具立ての最重要なものとして登場する仮想通貨もまた、上田氏ならではの超越性の意識の変異体の一つなのではあるまいか。

『ニムロッド』は、表面的なプロットに関するかぎり、ほぼ三人だけの登場人物からなるシンプルこのうえもない小説である。仮想通貨の一種であるビットコインの「採掘」に専念する「僕」がおり、その恋人の「田久保紀子」がおり、会社での「僕」の先輩で、鬱症状を病んだのがきっかけで名古屋に転勤することになった「荷室仁」がいる。ただし、「ニムロッド」を自称するその荷室氏が「僕」に送りつづける「駄目な飛行機コレクション」の紹介と、「ニムロッド」が書いているという想定の小説テクストとが随時挿入されることで、本作は一筋縄では行かない重層的な構造を持つことになる。

もともと「ニムロッド」は旧約聖書中の登場人物で、ユダヤ人の伝承が記された『ユダヤ古代誌』ではバベルの塔の建設を命じた王とされている。「ニムロッド」はそのバベルの塔に似た高塔を自分の小説に登場させる。そこでの登場人物「ニムロッド」は「人間の王」を僭称し、自分の塔の屋上に「駄目な飛行機たち」を駐機させている。飛ばない、飛べない、飛びつづけられない飛行機に執着し、それをあえてコレクションしている「ニムロッド」の振る舞いには、超越性のトポスに対する上田岳弘のアイロニカルに屈折した意識が投影されているとも言える。

周知のように、かつて天にも届こうという塔を建造しようとした人間の傲慢を罰するために、ヤハウェ神は言語を混乱させてその計画を頓挫させたと言われる。『創世記』におけるバベルの塔は、超越性への希求が挫折を余儀なくされる物語なのだ。一方、上田氏の『ニムロッド』においては、超越的トポスへの到達の試みには最初から「駄目」の刻印が打たれている。「駄目な飛行機」はもとよりいかなる「外部」にも「他処」にも達しようがない。むしろその不能のさま——飛行機という乗り物の本質を取り逃がした、馬鹿馬鹿しさすれすれの無意味さにこそ、「ニムロッド」は執着しているかのようだ。

ただし、「駄目な飛行機コレクション　No.9」の「航空特攻兵器　桜花」だけは、必ずしも飛行不能なゆえに「駄目」なわけではない。搭乗するパイロットの生還が想定されていないがゆえに「駄目」だと言われているだけだ。「荷室仁」が書いている小説のなかでの「ニムロッド」は、最終的にこの「桜花」に乗り、太陽をめざして飛び立つ。

太陽は正面にある。僕の他には、誰もいない。人間の王である僕以外は誰も。帰りの燃料を積むことができないこの駄目な飛行機ならば、あの太陽まで辿り着くことができるだろうか？

疑問符とともに投げかけられたこの問いかけに答えは与えられず、問いは開かれたままで終わるほかない。機上の「ニムロッド」は、「もともと僕にとっての塔はさ、小説なんだと思っていたんだ」と語っており、この言葉は超越的トポスへの接近の試み、そしてその不能性の確認によって成り立っている上田氏の小説じたいの宿命をあけすけに告白しているとも読める。しかしそれを言うなら、むしろこの高塔の屋上から離陸し、「駄目な飛行機」によって「太陽」をめざすという絶望的な片道飛行の行為そのものこそ、上田氏の作品行為のメタファーとして、よりふさわしくはないか。

僕たちは縛られている。僕は縛られている。だから僕は、ただ一人塔の上に残った今、この最後の時、駄目な飛行機に乗って、太陽を目指すことにしたんだ。

すなわち本作『ニムロッド』は、上田岳弘の小説家としての欲望の核心の在り処を端的に物語っている、一種のメタ小説として読めるということだ。それだけではない。本作は、ビットコインをたんに「採掘」だけしていた「僕」が、むしろ自分自身で仮想通貨を発行しようと計画し、その最小単位に nimrod の名を与えようと思い立つところで終わるが、この「僕の新しい仮想通貨」の発行もまた、上田氏にとっての小説の創作それじたいの、特権的な比喩と見えはしまいか。

だが、そんなふうに読み解いてしまうことの安易さに、ふと不安にならずにいられないこともまた事実だ。「小説」をめぐる「小説」として『ニムロッド』を読むことへとわたしたちはつい誘惑されてしまうのだが、そうした安直な謎解きへと誘導することが、実はこの小説に仕掛けられた最大の罠なのかもしれない。

だからむしろ、「わからなさ」と「爽快感」の結合という当初の素朴な読後感に改めて立ち帰り、それをこのうえもなく貴重な感触としていつくしみつつ、わたしはこの小説を読み終えたい。太陽をめざす「ニムロッド」の片道飛行にも、新しい仮想通貨を創出するという「僕」の試みにも、大いなる「自由」が漲っている。「僕たちは縛られている。僕は縛られている」――「演算されたこの人生の中で」われわれが蒙っているこの束縛からいかにして脱し、爽快きわまりない「自由」を獲得するか。小説家上田岳弘にとっての喫緊の課題とは、結局この「自由」の追求なのではないだろうか。

本書は、二〇一九年一月に小社より単行本として刊行されました。

|著者| 上田岳弘　1979年、兵庫県生まれ。早稲田大学法学部卒業。2013年、「太陽」で第45回新潮新人賞受賞。2015年、「私の恋人」で第28回三島由紀夫賞受賞。2016年、「GRANTA」誌のBest of Young Japanese Novelistsに選出。2018年、『塔と重力』で平成29年度芸術選奨新人賞を受賞。2019年、本書で第160回芥川龍之介賞を受賞。他の著書に『太陽・惑星』『私の恋人』『異郷の友人』『塔と重力』『キュー』（以上、新潮社）がある。

ニムロッド

上《うえ》田《だ》岳《たか》弘《ひろ》

講談社文庫

定価はカバーに
表示してあります

2021年2月16日第1刷発行

発行者——渡瀬昌彦
発行所——株式会社　講談社
東京都文京区音羽2-12-21　〒112-8001
電話　出版（03）5395-3510
　　　販売（03）5395-5817
　　　業務（03）5395-3615

デザイン—菊地信義
本文データ制作—講談社デジタル製作
印刷———豊国印刷株式会社
製本———株式会社国宝社

Printed in Japan

ISBN978-4-06-522450-2

講談社文庫刊行の辞

二十一世紀の到来を目睫に望みながら、われわれはいま、人類史上かつて例を見ない巨大な転換期をむかえようとしている。

世界も、日本も、激動の予兆に対する期待とおののきを内に蔵して、未知の時代に歩み入ろうとしている。このときにあたり、創業の人野間清治の「ナショナル・エデュケイター」への志を現代に甦らせようと意図して、われわれはここに古今の文芸作品はいうまでもなく、ひろく人文・社会・自然の諸科学から東西の名著を網羅する、新しい綜合文庫の発刊を決意した。

激動の転換期はまた断絶の時代である。われわれは戦後二十五年間の出版文化のありかたへの深い反省をこめて、この断絶の時代にあえて人間的な持続を求めようとする。いたずらに浮薄な商業主義のあだ花を追い求めることなく、長期にわたって良書に生命をあたえようとつとめるところにしか、今後の出版文化の真の繁栄はあり得ないと信じるからである。

同時にわれわれはこの綜合文庫の刊行を通じて、人文・社会・自然の諸科学が、結局人間の学にほかならないことを立証しようと願っている。かつて知識とは、「汝自身を知る」ことにつきていた。現代社会の瑣末な情報の氾濫のなかから、力強い知識の源泉を掘り起し、技術文明のただなかに、生きた人間の姿を復活させること。それこそわれわれの切なる希求である。

われわれは権威に盲従せず、俗流に媚びることなく、渾然一体となって日本の「草の根」をかたちづくる若く新しい世代の人々に、心をこめてこの新しい綜合文庫をおくり届けたい。それは知識の泉であるとともに感受性のふるさとであり、もっとも有機的に組織され、社会に開かれた万人のための大学をめざしている。大方の支援と協力を衷心より切望してやまない。

一九七一年七月

野間省一

芥川龍之介 藪の中
有吉佐和子 新装版 和宮様御留
阿刀田 高 ナポレオン狂
阿刀田 高 新装版 ブラック・ジョーク大全
相沢忠洋 「岩宿」の発見〈幻の旧石器を求めて〉
鮎川哲也 りら荘事件
赤川次郎 偶像崇拝殺人事件
赤川次郎 人間消失殺人事件
赤川次郎 三姉妹探偵団
赤川次郎 三姉妹探偵団2〈キャンパス篇〉
赤川次郎 三姉妹探偵団3〈珠美・初恋篇〉
赤川次郎 三姉妹探偵団4〈怪奇篇〉
赤川次郎 三姉妹探偵団5〈復讐篇〉
赤川次郎 三姉妹探偵団6〈危機一髪篇〉
赤川次郎 三姉妹探偵団7〈駈け落ち篇〉
赤川次郎 三姉妹探偵団8〈人質篇〉
赤川次郎 三姉妹探偵団9〈青ひげ篇〉
赤川次郎 三姉妹探偵団10〈父恋し篇〉
赤川次郎 死が小径をやってくる〈三姉妹探偵団11〉

赤川次郎 死神のお気に入り〈三姉妹探偵団12〉
赤川次郎 次女と野獣〈三姉妹探偵団13〉
赤川次郎 心地よい悪夢〈三姉妹探偵団14〉
赤川次郎 ふるえて眠れ、三姉妹〈三姉妹探偵団15〉
赤川次郎 三姉妹、呪いの道行〈三姉妹探偵団16〉
赤川次郎 三姉妹、初めてのおつかい〈三姉妹探偵団17〉
赤川次郎 恋の花咲く三姉妹〈三姉妹探偵団18〉
赤川次郎 月もおぼろに三姉妹〈三姉妹探偵団19〉
赤川次郎 三姉妹、ふしぎな旅日記〈三姉妹探偵団20〉
赤川次郎 三姉妹、清く貧しく美しく〈三姉妹探偵団21〉
赤川次郎 三姉妹と忘れじの面影〈三姉妹探偵団22〉
赤川次郎 三姉妹、舞踏会への招待〈三姉妹探偵団23〉
赤川次郎 三人姉妹殺人事件〈三姉妹探偵団24〉
赤川次郎 三姉妹、さびしい入江の歌〈三姉妹探偵団25〉
赤川次郎 静かな町の夕暮に
赤川次郎 キネマの天使〈レンズの奥の殺人者〉
泡坂妻夫 花火と銃声
新井素子 グリーン・レクイエム
安能務 訳 封神演義 全三冊

安西水丸 東京美女散歩
綾辻行人 緋色の囁き
綾辻行人 暗闇の囁き
綾辻行人 黄昏の囁き
綾辻行人 殺人方程式〈切断された死体の問題〉
綾辻行人 鳴風荘事件 殺人方程式II
綾辻行人 十角館の殺人〈新装改訂版〉
綾辻行人 水車館の殺人〈新装改訂版〉
綾辻行人 迷路館の殺人〈新装改訂版〉
綾辻行人 人形館の殺人〈新装改訂版〉
綾辻行人 時計館の殺人〈新装改訂版〉
綾辻行人 黒猫館の殺人〈新装改訂版〉
綾辻行人 暗黒館の殺人 全四冊
綾辻行人 びっくり館の殺人
綾辻行人 奇面館の殺人(上)(下)
綾辻行人 どんどん橋、落ちた〈新装改訂版〉
綾辻行人 緋色の囁き〈新装改訂版〉
綾辻行人ほか 7人の名探偵
我孫子武丸 探偵映画

我孫子武丸　新装版 8の殺人
我孫子武丸　眠り姫とバンパイア
我孫子武丸　狼と兎のゲーム
我孫子武丸　新装版 殺戮にいたる病
有栖川有栖　ロシア紅茶の謎
有栖川有栖　スウェーデン館の謎
有栖川有栖　ブラジル蝶の謎
有栖川有栖　英国庭園の謎
有栖川有栖　ペルシャ猫の謎
有栖川有栖　幻想運河
有栖川有栖　幽霊刑事《デカ》
有栖川有栖　マレー鉄道の謎
有栖川有栖　スイス時計の謎
有栖川有栖　モロッコ水晶の謎
有栖川有栖　インド倶楽部の謎
有栖川有栖　新装版 マジックミラー
有栖川有栖　新装版 46番目の密室
有栖川有栖　虹果て村の秘密
有栖川有栖　闇の喇《らっ》叭《ぱ》

有栖川有栖　真夜中の探偵
有栖川有栖　論理爆弾
有栖川有栖　名探偵傑作短篇集 火村英生篇
姉小路祐　影のクロス〈監察特任刑事《デカ》〉
姉小路祐　緘《かん》殺《さつ》のファイル〈監察特任刑事《デカ》〉
浅田次郎　日輪の遺産
浅田次郎　勇気凜凜ルリの色
浅田次郎　四十肩と恋愛 勇気凜凜ルリの色
浅田次郎　霞町物語
浅田次郎　ひとは情熱がなければ生きていけない〈勇気凜凜ルリの色〉
浅田次郎　シェエラザード(上)(下)
浅田次郎　歩兵の本領
浅田次郎　蒼穹の昴 全四巻
浅田次郎　珍妃の井戸
浅田次郎　中原の虹 全四巻
浅田次郎　マンチュリアン・リポート
浅田次郎　天国までの百マイル
浅田次郎　地下鉄《メトロ》に乗って〈新装版〉
浅田次郎　おもかげ

青木玉　小石川の家
阿部和重　アメリカの夜
阿部和重　グランド・フィナーレ
阿部和重　ABC〈阿部和重初期作品集〉
阿部和重　ミステリアスセッティング
阿部和重　IP/NN 阿部和重傑作集
阿部和重　シンセミア(上)(下)
阿部和重　ピストルズ(上)(下)
甘糟りり子　産む、産まない、産めない
甘糟りり子　産まなくても、産めなくても
赤井三尋　翳《かげ》りゆく夏
あさのあつこ　NO.6〔ナンバーシックス〕#1
あさのあつこ　NO.6〔ナンバーシックス〕#2
あさのあつこ　NO.6〔ナンバーシックス〕#3
あさのあつこ　NO.6〔ナンバーシックス〕#4
あさのあつこ　NO.6〔ナンバーシックス〕#5
あさのあつこ　NO.6〔ナンバーシックス〕#6
あさのあつこ　NO.6〔ナンバーシックス〕#7
あさのあつこ　NO.6〔ナンバーシックス〕#8

講談社文庫　目録

あさのあつこ NO.6〔ナンバーシックス〕#9
あさのあつこ NO.6 beyond〔ナンバーシックス・ビヨンド〕
あさのあつこ 待ってる〈橘屋草子〉
あさのあつこ さいとう市立さいとう高校野球部 (上)(下)
あさのあつこ 甲子園でエースしちゃいました〈さいとう市立さいとう高校野球部〉
あさのあつこ おれが先輩?〈さいとう市立さいとう高校野球部〉
阿部夏丸 泣けない魚たち
朝倉かすみ 肝、焼ける
朝倉かすみ 好かれようとしない
朝倉かすみ ともしびマーケット
朝倉かすみ 感応連鎖
朝倉かすみ たそがれどきに見つけたもの
朝比奈あすか 憂鬱なハスビーン
朝比奈あすか あの子が欲しい
天野作市 気高き昼寝
天野作市 みんなの旅行
青柳碧人 浜村渚の計算ノート
青柳碧人 浜村渚の計算ノート 2さつめ〈ふしぎの国の期末テスト〉
青柳碧人 浜村渚の計算ノート 3さつめ〈水色コンパスと恋する幾何学〉
青柳碧人 浜村渚の計算ノート 3と1/2さつめ〈ふえるま島の最終定理〉
青柳碧人 浜村渚の計算ノート 4さつめ〈方程式は歌声に乗って〉
青柳碧人 浜村渚の計算ノート 5さつめ〈鳴くよウグイス、平面上〉
青柳碧人 浜村渚の計算ノート 6さつめ〈パピルスよ、永遠に〉
青柳碧人 浜村渚の計算ノート 7さつめ〈悪魔とポタージュスープ〉
青柳碧人 浜村渚の計算ノート 8さつめ〈虚数じかけの夏みかん〉
青柳碧人 浜村渚の計算ノート 8と2分の1さつめ〈つるかめ家の一族〉
青柳碧人 浜村渚の計算ノート 9さつめ〈恋人たちの必勝法《マーチンゲール》〉
青柳碧人 霊視刑事夕雨子《ゆうこ》1〈誰かがそこにいる〉
朝井まかて 花《はな》競《くら》べ〈向嶋なずな屋繁盛記〉
朝井まかて ちゃんちゃら
朝井まかて すかたん
朝井まかて ぬけまいる
朝井まかて 恋歌
朝井まかて 阿《お》蘭《らん》陀《だ》西《さい》鶴《かく》
朝井まかて 藪《やぶ》医《い》ふらここ堂
朝井まかて 福袋
歩《あゆみ》りえこ ブラを捨て旅に出よう〈貧乏乙女の"世界一周"旅行記〉
安藤祐介 営業零《ぜろ》課接待班
安藤祐介 被取締役《とりしまられやく》新入社員
安藤祐介 おい!山田〈大翔製菓広報宣伝部〉
安藤祐介 宝くじが当たったら
安藤祐介 一〇〇〇ヘクトパスカル
安藤祐介 テノヒラ幕府株式会社
青木理 絞首刑
麻見和史 石の繭〈警視庁殺人分析班〉
麻見和史 蟻《あり》の階段〈警視庁殺人分析班〉
麻見和史 水晶の鼓動〈警視庁殺人分析班〉
麻見和史 虚空の糸〈警視庁殺人分析班〉
麻見和史 聖者の凶数〈警視庁殺人分析班〉
麻見和史 女神の骨格〈警視庁殺人分析班〉
麻見和史 蝶の力学〈警視庁殺人分析班〉
麻見和史 雨色の仔羊〈警視庁殺人分析班〉
麻見和史 奈落の偶像〈警視庁殺人分析班〉
麻見和史 鷹《たか》の砦《とりで》〈警視庁殺人分析班〉
麻見和史 凪《なぎ》の残響〈警視庁殺人分析班〉
麻見和史 深紅の断片〈警防課救命チーム〉
有川浩 三匹のおっさん

2020年12月15日現在